KB234075

관심 끄는 신입이 매번 유혹한다
저기 선배, 사랑의 라이벌이라니 들은 적 없어요!
2

contents

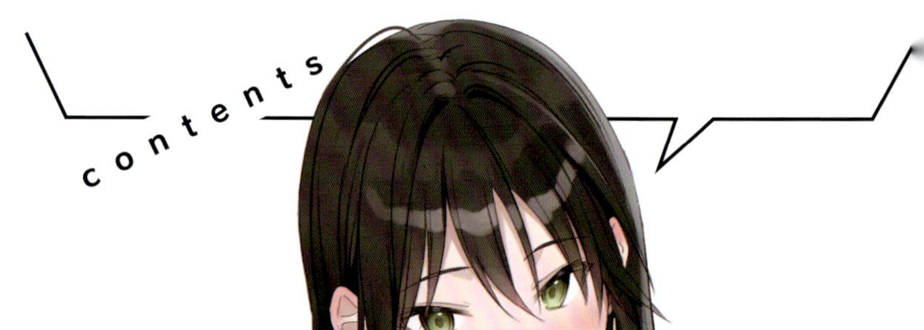

이나바 미히로
"쿄카 선배,
진짜 평범한 여고생으로만 보여."

관심 끄는 신입이 매번 유혹한다

저기 선배, 일도 사랑도 교육시켜 주실래요?

2

나기키 에코 지음 / Re타케 일러스트 / 손종근 옮김

컬러, 본문 일러스트 | Re타케

나기키 에코
Eko Nagiki
ill : Ｒｅ타케
Retake
2
관심 끄는 신입이 매번 유혹한다

스즈모리 쿄카

마사토의 두 살 연상 선배. 직위는 치프. 업무가 능숙한 에이스로, 모델에게도 지지 않는 미모나 스타일도 어우러져서 남녀 관계없이 동경하는 존재. 쿨뷰티한 어른 누님인 척하지만 의외로 섬세.

카자마 마사토

인터넷 광고 대리점의 영업 사원. 신입인 나기사의 교육 담당인 26세. 효율충이지만 남을 잘 돌보는 성격으로, 정말로 곤란해 하는 사람이 있다면 자신이 손해 보는 역할을 맡을지라도 손을 내밀고 마는 착한 사람.

이나미 나기사

22세 신입 사원. 무척 재치 있고, 그러면서 귀엽다며 사내만이 아니라 사외에서도 인기인. 주어진 업무도 제대로 소화할 수 있는 고스펙 여자이지만, 마사토와 단둘이 있으면 더욱 응석받이가 된다.

이나바 미히로

마사토와 동기인 디자이너. 크리에이터로서의 센스는 출중하고, 그러면서 업무도 빠른 천재 기질. 자유분방하고 변덕스러운 고양이 같은 성격. 스스럼없이 뭐든 이야기할 수 있는 마사토가 마음에 든다.

1화: 민트가 알싸한가, 블랙 기업이 알싸한가

경비 절감.

쓸데없는 업무나 낭비되는 비용을 재검토하여 기업의 이익 증가를 목적으로 하는 시책.

재검토해야 할 것은 다양해서 인건비, OA 기기 비용, 사무용품 비용, 인터넷 통신비, 운용비 등등. 예를 들자면 끝이 없다.

요즘 시대, 불황이 아닐 때가 드물다. 절약할 수 있는 것이 있다면 재검토해야 한다는 것은 물론이다.

근속 5년, 고용된 몸인 나도 협력할 수 있는 일이 있다면 협력할 생각이다.

어떻게든지.

“젠장, 덥잖아~……!

잔업 중, 고요한 사무실에서.

천장에 설치된 에어컨을 원망스럽게 노려봤지만 그런다고 차가운 바람이 나올 리도 없으니.

‘정시 이후, 냉방 사용 금지’.

그런 벽보가 사내 공유 게시판에 붙은 것은 8월 말.

그리고 맞이한 9월.

계절은 가을로 접어들었지만 늦더위는 아직 맹위를 떨치고 있었다.

정시에서 한 시간만 지나면 사무실 안의 냉기도 자취를 감추고. 창문을 활짝 열 수밖에 없다.

정시에서 세 시간만 지나면 PC나 서버에서 나오는 열기가 신경 쓰이기 시작한다. 하나하나 박살내고 싶다는 충동이 싹트기 시작한다.

노트북 컴퓨터 디스플레이를 부모의 원수마냥 노려보고, 키보드를 힘주어 계속 두드린다.

"왜 상층부 아저씨들은 밑에서부터 재검토하는 거야. 너네 접대비부터 재검토하라고……. 유흥업소니 골프니, 그런 거 가지 말고……!"

불평불만이 끊이지 않고 멈추지 않는다.

"의미 불명인 창립기념 굿즈 만들지 마……. 어쩌다 떠올랐다며 이상한 마스코트 캐릭터를 외주에 맡기지 마……. 풍수적으로 좋지 않다는 이유만으로 말도 안 되게 비싼 관상용 식물 사지 마……!"

분노랑 스트레스를 억누르고자 민트 캔디를 네다섯 알 호쾌하게 털어 넣었다.

혀로 굴리는 것도 귀찮아서 어금니로 으득으득 씹었더니, 강한 청량감이 입 안을 넘어 코에서 뇌로 단숨에 박혔다.

무사히 분노나 스트레스 완화에 성공.

──할 리도 없다.

"으~~!!! 블랙 기업 퍼어어어어어어~~~~~~억!!!"

민트가 알싸한가, 블랙 기업이 알싸한가.
승자, 블랙 기업.
"냉방 아낄 정도라면 꼰대 대머리 부장 급료를 잘라라! '내일까지 가능한 빨리'라고 그럴 거라면, 정시에 마칠 수 있게 가져와야지───~~~~~!"
끓어오르는 이 감정은 미적지근한 실내에서 식히기는 불가능. 출입구에 있는 공조 리모컨을 향해 일직선으로, '후하하하하! 맛 좀 봐라!'라고 스스로도 의미 불명인 소리를 늘어놓으며, 전원 버튼의 스위치를 눌렀다.
'냉방'이 아니라 '송풍'을 작동시키는 부분이, 자신의 왜소함을 이야기하고 있었다.
"이제는 그냥 자기부담이라도 괜찮으니까, 냉방 좀 켜게 해줘……."
경비 절감.
줄이는 것은 언제나 신분이 낮은 사축, 현장에 있는 우리들이다.
"가여운 마사토 선배. 제가 쓰다듬어 줄게요."
"……."

어느새? 자그마한 키를 커버하듯 살짝 발돋움을 해서 내 머리를 다정하게 계속 쓰다듬는 여자가 한 명.

이나미 나기사. 내 직속 후배다.

또 다른 이름은, 관심 끄는 신입.

"너도 참 특이하네. 일 끝났으면 얼른 무더운 회사에서 나가면 될 텐데."

"저도 좋아서 남아 있는 게 아니에요. 당연히 마사토 선배랑 술 마시러 가려는 거잖아요."

"매번매번, 당연하다는 듯이 권유하지 말라고……."

"에헤헤♪ 저, 오늘밤에는 닭이 먹고 싶은 기분이에요."

편의점 치킨이라도 사가면 될 텐데.

응석도 당연하거니와, 술을 좋아하는 것도 변함없이.

뭐, 스스럼없이 먹고 싶은 것을 솔직히 말해 주는 편이 이래저래 속을 떠보거나 생각할 수고도 덜 드니까, 이쪽으로서도 고맙기는 하지만.

가는 걸 전제로 생각하는 나한테도 문제는 있구나.

"그보다도 이나미."

"예?"

"나, 더우니까 에어컨 키려고 한 건데."

현재진행형 머리 쓰다듬기. 이나미는 의연하게 내 머리를 계속 쓰다듬고 있었다.

흐흥, 그러면서 보란 듯이 입가를 끌어올리는 이나미.

장하다
장해

이건 고의적이었다는 뜻이다,

"전, 진짜로 좋아하니까 붙어 있는 건데요♪"

"허어?!"

신입의 진심 발휘. 이나미가 '좀 더 응석부리고 싶다, 좀 더 맞닿고 싶다'라며 내 위팔에 찰싹 허그 공격.

마치 주인에게 마킹하는 고양이. 아낌없이 자신의 가냘픈 어깨나 가늘고 나긋나긋한 팔, 부드러운 뺨을 내게 부비부비 들이댔다. 탐스럽고 부드러운 가슴도 이하동문.

"열심히 잔업 중인 선배한테는 포상이다~♪"

"포상이 지나치다고! 더우니까 떨어져!"

"심두멸각하면 불도 시원한 법이에요. '생각하지 마라, 느껴라'예요."

이 녀석은 무슨 수도승일까…….

"마사토 선배는 숫되네요. 새삼스럽게 부끄러워 할 것도 없잖아요."

"새삼스럽게? 무슨 소리야."

"그게 말이죠, 쪽―한 사이인걸♪"

"무슨――?!"

그만 떠올리고 말았다.

응석받이 후배가 아니라 한 사람의 여자로서 내게 고백한 전날의 일을.

“당연히 선배를 좋아하니까 그런 거잖아요.”

잊을 리도 없다. 밤의 공원에서 마시고 돌아가던 길.
확실히 우리는 그날, 쪽──, 이 아니라 키스를 했다.
게다가 이나미를 이성으로 보겠다는 약속까지 해버렸다.
딱히 잊은 것도 아니고, 대충 넘길 생각도 없다.
너무나도 기습적인 발언에 허둥대는 내게 이나미는 얼굴
을 가져다 댔다.
그리고 귓속말로 마무리를 하는 것이다.
“오늘밤은 술집이 아니라 호텔로 할까요?”
“호, 호텔──?!”
“아하핫! 마사토 선배 얼굴 새빨개~~~♪”
“~~~~윽! 선배를 놀리지 말라고!”
“꺄~~~♪”
파도소리 울리는 해변에서 수영복차림의 남녀가 꺄아꺄
아한다면 무드도 있겠지.
하지만 이곳은 한밤중의 사무실. 정장차림의 사축이 소란
을 떨어 봤자 무드고 뭐고 없다.

마시고, 이따금 호텔.
그런 유사 허니 트랩 권유하는 신입 OL이, 바로 이나미
나기사인 것이다.

2화: 신 프로젝트는 야한 내용?

나, 카자마 마사토가 일하는 회사는 인터넷 광고 대리점이다.

인터넷 광고를 대리로 집행하는 회사.

조금 풀어서 써봤자, 동업자라도 아니고서야 업무 내용까지 상상하기는 힘들겠지.

대충 설명하자면 컴퓨터나 스마트폰으로 검색했을 때면 표시되는 광고, YouTube나 Twitch 등에서 나오는 광고, 게임 앱 안에서 갑자기 팝업되면서 짜증 나게 만드는 광고 등등.

그런 다양한 광고를 광고주인 회사를 대신해서 제작하거나 대리로 운용하는 것이 주된 업무 내용이다.

인터넷이랑 SNS가 계속해서 번성하는 현재, 인터넷 광고 대리점의 숫자는 매해 계속 늘고 있다.

물론 회사의 숫자가 늘어난다고 해서 계약을 척척 따낼 수 있느냐 하면 이야기는 다르다.

매일이 경쟁사와의 출혈경쟁, 정신과 육체를 모두 소모하는 경쟁이다.

저렴한 월 운용비를 세일즈 포인트로 하는 라이벌 회사가 있고, 일류 디자이너나 카피라이터가 있는 것을 어필하는 라이벌 회사도 있고, 우수한 데이터 분석가의 조언이나 레포트가 포함된다는 것을 강조하는 라이벌 회사 등도 있고.

한편 그 무렵, 우리 회사.

THE 평범. 그야말로 평범하여 이렇다 할 오리지널리티 넘치는 서비스는 전무.

월 운용비는 보통이고, 실적이나 콘테스트 등의 수상 경험도 빈약하다. 게다가 우수한 스태프 대신에 성희롱 & 꼰대질이 업무로 변한 대머리 부장이 있다.

'당신의 광고 대리점은, 타사와 비교해서 무엇이 뛰어납니까?'

'없습니다.'

이래서는 이야기가 안 된다. 계약 따위는 딸 수 있을 리가 없다.

앞날이 캄캄한 블랙 회사라니 웃음도 안 나온다.

그렇기에 무언가 아이디어나 타개책이 우리 회사에는 요구되고 있다.

※ ※ ※

공유 서버에 올라오는 데이터를 확인하며 설설히 중일거렸다.

“오오……. 양이 상당한데…….”

“그래요. 보람이 있겠네요!”

‘큰일인데’라고 생각하는 나와는 달리, ‘해보자고!’라며 이나미는 두 주먹을 꽉 쥐었다.

이런 높은 모티베이션, 그저 훌륭하다고 할 수밖에 없다.

지금 현재, 무슨 데이터를 보고 있느냐면 신규 개척을 노리는 회사의 리스트였다.

이른바 고객 리스트라 불리는 것이다.

정리한 장본인, 이나미가 디스플레이를 바라보는 내게 얼굴을 갖다 붙였다.

“어떤가요? 뭔가 부족한 게 있다면 수정할 텐데.”

“아니, 보아하니 괜찮은 느낌이야. 그보다, 잘도 모았네.”

역시나 우리 회사 기대의 신입이라고 할까.

엑셀로 정리된 고객 리스트는 필요 최소한의 기업 정보만이 아니라 효율 좋게 작업할 수 있도록 매크로 작업까지 되어 있었다. 덤으로 각 기업의 특색이 정리된 별도 자료까지 첨부되어 있었다.

아무리 나이를 먹어도 10을 부탁받고 10으로 돌려주는 것은 어렵다.

그럼에도 불구하고 이나미는 10을 부탁받으면 10 이상의 성과로 해낸다.

부장처럼 아저씨라도 무책임한 녀석은 무책임하고, 이나

미처럼 어리더라도 할 수 있는 녀석은 할 수 있다.

나이가 아니라 의식의 차이겠구나.

"에헤헤. 마사토 선배한테 칭찬받고 싶다는 일념으로 열심히 했어요♪"

"욕망과 번뇌로 일을 하지 말라고……."

내가 어이없어 해도 듣는 둥 마는 둥. 이나미의 표정은 아직도 생글생글 밝았다.

"당연히 평소보다 열심히 해야죠."

"응? 어째서."

"그게, 마사토 선배가 사내 공모에서 처음으로 채용된 기획인걸요. 당연히 반드시 성공시켜야죠."

"이나미……."

기특한 후배의 말에 그만 감동해 버렸다.

교육 담당인 내가 이나미의 노력을 보고 있듯이. 후배인 이나미 역시도 내 노력을 봐주는 거겠지.

그렇기에 이나미는 격렬하고 열정적으로, 스스로의 몸을 끌어안았다.

"마사토 선배가 절 생각하며 만들어 준 기획. 아아……! 이 어찌나 멋진 울림일까요♪"

"………… 뭐어?!"

감동 사기, 이곳에 있소이다.

"오, 오해를 부를 표현은 하지 마!"

“에이~. 솔직해지면 좋을 텐데~♪”

꾸물꾸물 몸을 계속 끌어안는 이나미를 보면 볼수록, 내 감동은 수치심으로 급속 변환.

인정할 건 인정하자. 이나미를 모델케이스로 구성한 기획이라는 것을.

하지만 말이다.

“있잖아! ‘이나미 LOVE니까’ 같은 완전 하찮은 이유로 기획 세운 거 아니니까!”

“그래요그래요.”

“전에도 말했잖아? 이나미를 고른 이유는, ‘신입이라도 경쟁사와 싸울 수 있다’가 콘셉트라서 그렇다고!”

“계속해요, 계속♪”

“불과 얼마 전까지 여대생이었던 이나미를 활용할 방법을 이것저것 생각했다고! 그 결과, 젊은 층 대상의 패션이나 액세서리 계열 기업이라면, 광고의 지식이 적은 이나미라도 거래하기 편하겠다고 생각한 거야!”

“아~앙♪ 엄청, 절 생각해 주고 있잖아요~♪”

“~~~~윽!!! 전혀, 내 이야기 안 듣잖아……!”

이 녀석, 뭐야. 귓구멍에 에어건이라도 쏴줄까.

이유는 어쨌든. 엄청 이나미를 생각하며 기획서를 만든 것은 사실. 이 이상 반발해 봐야 이나미가 기뻐할 뿐이고, 내가 굴욕을 당할 뿐.

“나, 이 기획이 대실패했다가는 진짜로 울 거야…….”

“마사토 선배가 우는 경우에는, 제대로 제 가슴으로 받아 줄 거라고요?”

‘가슴으로 확 뛰어들어’라고 그러듯이. 이나미는 오른손으로 가슴을 두드렸지만, 부드러운 마시멜로 바스트의 소유자인 만큼 양쪽 가슴이 물컹 눌릴 뿐.

회사의 이익을 취할 것인가, 앞날의 가슴을 취할 것인가.

저울에 올리고 마는 스스로가 한심하다고 생각하는 반면, 너무나도 솔직한 스스로를 싫어할 수도 없었다.

말기다.

“이 녀석. 이제 막 시작한 기획인데 실패할 걸 생각하지 말라고.”

뺨을 가볍게 꼬집히니 번뇌도 떨쳐낼 수 있었다.

“해, 해홍합니다(죄, 죄송합니다)…….”

“응. 알면 됐어.”

불제해 준 인물은 스즈모리 쿄카 선배.

우리 회사의 리더격 존재. 그리고 지금 이 기획의 최고 책임자이다.

모노톤으로 통일된 오피스 캐주얼 코디네이트는 심플하기에 오히려 소화하기 어렵다. 그럼에도 불구하고 이토록 쉽게 소화하고 있으니까, 역시니 견직 카리스마 독자 모델, MIRA라고 해야 할까.

어른의 색기가 가득한데도 청초함까지 겸비했다니. 반칙이라고 생각한다.

이나미로서는 동경하는 커리어 우먼에게도 확인을 받고 싶은가 보다.

"쿄카 선배도 고객 리스트 체크, 부탁드려요."

"어! 벌써 만들었구나."

'어디어디?'라며, 엉거주춤한 자세가 된 스즈모리 선배가 내 디스플레이를 들여다봤다.

이나미도 이나미대로, 선배 상사의 일거수일투족을 놓치지 않겠다며 또다시 디스플레이로 얼굴을 가져다 댔다.

'가, 가까워……!'

오른쪽 옆에 청초한 누님, 왼쪽 옆에 응석받이 여자.

미녀 두 사람에게 끼여 있으니 자연스럽게 등줄기를 펴고 마는 것이 남자의 본성.

빛 반사가 없는 타입의 디스플레이라서 다행이었다. 만약 빛이 반사되었다면 틀림없이 한심하게 풀어진 내 낯짝이 비쳤다…….

안면이 녹아내리던 시간 종료.

"응♪ 역시 나기사야. 참 잘했어요."

"만세♪"

스즈모리 선배가 싱긋 미소를 지으며 가볍게 박수를 치자, 이나미도 지지 않겠노라 화사한 스마일.

옆에서 보면 진짜 자매 같았다.

"있지, 카자마 군. 나기사한테도 도움을 받은 게 정답이었지?"

"……뭐, 그러네요. 솔직히 이나미 덕분에 작업은 잘 진행되고 있어요."

"에헤헤. 도움이 되었다니 다행이에요♪"

이나미가 솔직하게 기뻐하니, '저야말로 신세를 지고 있습니다'라고 무심코 인사를 할 뻔했다.

수줍음을 감추려 캔 커피를 기울이는데 스즈모리 선배가 무언가 알아차렸다.

"아, 메르피크도 리스트에 들어 있구나."

"??? 메르피크?"

무슨 말이냐며 앵무새처럼 따라했더니 스즈모리 선배는 마우스를 움직여서, 디스플레이에 표시된 엑셀 시트의 어느 셀을 클릭해주었다.

파랗게 강조된 글자를 읽었다.

"어디, 메르시 & 피크닉?"

"그래요! 메르시 & 피크닉이에요!"

"으어?!"

그 단어가 마치 주문인 양.

고양되는 기분을 억누르는 건 불가능. 반짝반짝 눈을 빛내는 이나미가 대담하게도 내게 다가왔다.

머신건 토크가 멈추지 않는다.

"메르시 & 피크닉, 줄여서 메르피크라고 해요. 귀여운 속옷부터 살짝 섹시한 속옷까지 폭넓게 다루는, 제가 즐겨 입는 란제리 숍이에요!"

"란제리?! 네, 네가 즐겨 입는?!"

"그래요그래요! 매장만 있는 게 아니라 오리지널 브랜드도 전개하고 있어서, 매 시즌 나오는 신작은 바로 품절될 정도로 대인기예요! 그야말로 신작(神作), 신급이에요!"

"신급……!"

"고베에 본사가 있다는 건 알았으니까, '이건 꼭 도전해야 해!' 하고 몰래 불탔거든요! 열심히 해서 계약을 따 봐요!"

"어, 어어……. 어쨌든 쩌는 속옷 가게구나……."

스스로도 생각한다. 쩌는 속옷 가게라니 대체 뭐냐고.

인생 처음이었다. 팬티나 브래지어에 대해서 누군가 내게 뜨겁게 이야기하는 것은.

이나미는 한창때의 여성이니까 좋아하는 가게나 브랜드가 한둘은 있어도 이상할 건 없다. 귀엽거나 조금 야한 속옷에 흥미진진한 것도 납득이 간다.

나도 한창때의 남성이다. 좋아하는 속옷에 대해서 누군가 뜨겁게 이야기를 한다면,

'신급 란제리를 입은 이나미…….'

귀여운 후배의 야한 모습을 그만 상상하고 만다.

"카자마 군? 다른 사람들한테 말하진 않을 테니까, 콧구 멍 넓히는 거 그만둘래?"

"……죄송함다."

스즈모리 선배가 뚱하게 노려보는 것도 납득이 간다.

여담은 그만하고, 그렇다고 할까 내 명예를 위해서.

"어, 어흠. 그보다도 이나미. 패션 장르라고는 했어도, 란 제리 숍이라니 잘도 떠올렸네."

속옷은 그저 유니클로에서 사는 나로서는 절대로 떠오르 지 않을 아이디어라고 할 수 있겠지.

싱긋 웃는 이나미도 나이스 아이디어였다는 자각은 있었 는지,

"마사토 선배한테 도움이 되고 싶다, 한 꺼풀 벗고 싶다고 생각하며 작업했거든요. 그랬더니 번뜩 떠올랐어요. '아! 란 제리 숍!'이라고."

그 치녀적인 사고는 뭐야…….

"너, 사고회로가 점점 이나바랑 닮아 가는데."

"응? 나 불렀어—?"

쓸데없는 딴죽 따윈, 안 하는 게 나았다.

앞쪽 자리에서 업무 중인 여자가 훌쩍 얼굴을 내밀었다.

이나바 미히로. 내 최후의 동기다.

앞으로 숙인 자세에서는 파괴력 발군, 탐스럽게 맺힌 볼 륨감 넘치는 가슴이 강조된단 말이지.

V넥에 노 슬립은 솔직히 치사하다. 활짝 열린 가슴께에서는 계곡이 훤히 보이고, 소매가 없는 만큼 옆 가슴이 살짝 드러난다고.

남심을 간질인다고나 할까, 남심을 활짝 웃게 만든다고 할까.

"안 불렀어."

"그렇다는 건, 뒷담화라는 느낌? 나기사가 내 에로에로한 몸매랑 닮았다고."

"너……. 이야기, 듣고 있었지……."

아하핫! 하고 하얀 이가 드러날 정도로 웃는 이나바는, 복장과 마찬가지로 성격도 무척 개방적이다.

이나바까지 내 자리로 다가오니, 우리 회사 자랑의 세 자매가 집결했다.

걸즈 토크로 시끌벅적.

"메르피크, 나도 몇 벌인가 갖고 있어. 큰 사이즈도 귀여운 게 많거든~."

"미히로 선배도 메르피크 좋아했군요! 이번 달에 나오는 콜라보 란제리, 체크했어요?"

"물론. 티어스랑 콜라보했잖아? 너무 인기라서, 예약 단계에서 매진되었다고 그러잖아."

"그러니까요. 저도 추첨에 응모는 했지만, 역시나 떨어졌어요."

“그 콜라보 란제리, 나 확보했어♪”

스즈모리 선배도 의외로 유행을 좇는 구석이 있는 모양이라 평소보다 목소리가 신이 났다.

“어! 쿄카 선배 당첨됐어요?”

“응♪ 나도 반쯤 포기하는 심정으로 응모했는데, 당첨 메일이 와서 깜짝 놀랐어.”

“좋겠다좋겠다~! 또 실물 보여 주세요!”

“어? ――그럼 점심시간에 조금만 볼래……?”

“!!! 호, 혹시……! 현재진행형으로 입고 있다는 느낌인 건가요?”

“……아하하. 현재진행형으로 입어 버린 느낌이네요.”

진지하게 묻는 셋째에게, 수줍은 기색으로 미소 짓는 첫째 언니.

그리고.

“자자. 카자마도 지금 한 번 부탁해 봐. ‘저한테도 스즈모리 선배의 가슴, 뵙게 해주세요’라고――,”

“~~~~웃! 성희롱 아재, 그냥 뒈져라!”

대폭소하는 둘째와, 대번민하는 나.

나만이 아니었다. 주변의 남성 사원이 키보드를 달칵달칵거리던 손을 멈추고, 귀를 기울이고서 번민하고 있는 것이었다.

그야 그렇지. 미인 자매들이 걸즈 토크, 아니, 란제리 토크를 하고 있다면 업무 따위는 빌어 처먹어라.

설상가상.

붉은 얼굴로 피니시 블로.

"참고로 마사토 선배. 오늘도 전 메르피크예요."

"그럼 참고사항 필요 없어!"

메르시 & 피크닉이 무서운 것인가, 세 자매가 너무 야한 것인가.

압도적으로 후자라고 생각한다.

3화: 손님은 왕? 아뇨, 짜증 나는 꼬맹이입니다

몹시 당연한 이야기지만 근속 연수가 늘어나면 늘어날수록, 직함이 높아지면 높아질수록 맡는 일은 많아진다. 다짜고짜 업무를 덮어쓰는 일도 많아진다.

우리처럼 경영 이익이 빈약한, 약소 광고 대리점도 예외가 아니라서.

앞길이 아직 보이지 않는 신기획인 만큼 그것에만 주력할 수도 없어서, 병행해서 여러 업무를 소화하는 나날이었다.

그런 이유로, 오늘 가장 칼로리를 사용하게 될 일이 찾아왔다.

고객 상담 공간으로 들어서자.

"야호―, 카자마! 내가 놀러 와줬다고―♪"

"놀러 오지 마."

'아하하하! 농담이지―!' 하고, 바보같음을 고스란히 드러내고서 깔깔 웃는 짜증 나는 꼬맹이가 방문했다.

겉보기엔 어린이, 내용물도 어린이. 그럼에도 불구하고 스무 살이라는 불가사의.

여전히 한두 사이스는 큰 작업용 새킷을 길치고, 스패츠 & 화장실 샌들이라는 이상한 코디네이트.

합법 로리라는 이름을 자기 마음대로 사용하는 그녀의 이름은 호조 사쿠라코.

할아버지가 경영하는 호조 건축 사무소의 홍보를 담당하는, 우리 회사의 거래 상대이다.

호조는 비즈니스 파트너이지만 게임 동료이기도 했다.

평일 밤이라든지 공휴일에 게임 로그인을 하면 '이 녀석, 정말로 일하고는 있나' 싶을 만큼 높은 확률로 호조도 로그인 중이라서, 디스코드로 계속 대화하며 게임을 한 적이 많았다. 즐겜러인 나로서는 빡겜러 호조에게 상대가 안 되어서 놀림을 당하는 경우도 많았다.

"카자마—. Switch 충전하고 싶은데 콘센트 빌려도 돼?"

"이 자식……. 친구네 집에 온 게 아니라고……."

"친구 회사! 그러니까 OK!"

"그럴 리가 있겠냐! 모니터 콘센트 뽑지 마!"

뭐, 비즈니스 파트너라든지 게임 동료임에는 틀림이 없지만, 가장 와 닿는 표현은 이웃집 짜증 나는 꼬맹이.

신입 응석받이 여자애한테 끌어안기면 긴장한다.

커리어 우먼인 언니랑 밀착하면 흥분한다.

"으기기기……! 콘센트 안 빌려주면 콧구멍에라도 넣어주겠어~……!"

"떠, 떨어지라고……! 너희 할아버지한테 꼰지른다, 이 자식이……!"

이웃집 짜증 나는 꼬맹이가 들러붙으면 확 하고 때리고 싶어진다.

"남매 싸움은 하지 마. 충전 정도는 하게 해주면 되잖아."

"어엉?!"

목소리가 들린 출입구로 시선을 향했더니, 미팅에 참가하는 마지막 멤버 이나바가 뒤늦게 들어왔다.

시간 단축이라고 할까, 흐리터분하다고 할까. 자기 책상에서 여기까지 몇 번이나 왕복하는 게 귀찮아서 그렇겠지. 이나바의 오른쪽 손바닥 위에는 보리차랑 다과를 담은 쟁반이 있고, 왼쪽 옆구리에는 지금부터 사용할 노트북 컴퓨터를 끼고 있었다.

냉수랑 메뉴판을 옮기는 웨이트리스로 보이기도 한다.

그렇지만 진짜 웨이트리스라면 양손을 다 쓰는 중이라고 해서 문을 발로 열거나 엉덩이로 닫지는 않겠지만.

몇 번이나 미팅을 해서 그럴까. 아니면 솔직한 성격인 사람들끼리 필링이 맞아서 그럴까. 완전히 오래 알고 지낸 친구 같은 사이였다.

"안녕— 미히로 언니!"

"안녕— 사쿠라코. 너는 여전히 작고 귀엽구나."

"자주 들어! 미히로 언니는 여전히 가슴 크네~."

'카자마가 자주 쳐다봐~'같이 100% 농담이라고 말하기는 힘든 대사가 나오니, 이쪽으로서도 꼬맹이를 상대로 기분도 풀어지는 법.

"맞다, 그래서! 미히로 언니, 예의 물건은 어떻게 됐어?!"

"오. 바로 그거 물어보는 거야?"

니히히, 하얀 이를 드러낸 이나바가 노트북을 열었다.

"카자마, 모니터 준비 부탁할게―."

"알았어."

Switch 콘센트를 뽑고 대신에 모니터 콘센트를 꽂았다. 그대로 이나바의 노트북과 모니터를 케이블로 연결해서 준비 완료.

'자자―' 하고 이나바가 맥 빠지는 목소리와 함께 ENTER 키를 누르자,

"히야아아아~~~♪ 괴, 굉장해!!!"

모니터에 비치는 예의 물건에 호조 쪽은 기분 최고조.

예의 물건.

그것은 즉, 호조 건축 사무소의 리뉴얼 사이트였다.

호조 건축 사무소가 이전까지 사용하던, 무료 FC2로 만든 홈페이지와는 하늘과 땅 차이.

메인 페이지부터 완전히 다른 차원. 헤더는 자사의 모습이나 시공 사례 사진이 몇 초 단위로 빙글빙글 돌도록 설정되어 있고, '자사의 강점' '의뢰 흐름' '애프터서비스' 등의 유저가 원하는 정보나 콘텐츠들 클릭하도록 만드는 동선도 제대로 짜여 있었다.

　어느 페이지든 화면을 스크롤하면 문의와 자료 청구 클릭 버튼이 따라오는 사양으로. 그저 사이트를 보고 만족하는 것이 아니라 앞으로 이어질 손님을 가능한 한 놓치지 않도록 세세한 궁리도 확실.

　문의용 메일폼도 준비되어 있으니까, 나랑 이나미가 처음으로 회사를 방문했을 때처럼 '방문 약속? 기억에 없어요' 같은 어이없는 일도 줄겠지.

　뭐, 좋아진 예를 언급한다면 끝이 없다.

　역시나 천재적 크리에이터 이나바 미히로. 제작 의뢰 이후로 한 달도 안 되어서 완성시키고 마니까 그야말로 프로페셔널하기까지.

　"어어어어엄～～～청 좋아!"

　대만족했다니 잘 됐다. 호조는 마우스를 달각달각 클릭하고, 페이지 하나하나를 보물이라도 바라보듯 계속 봤다.

　"미히로 언니, 퍼펙트야! 더 이상 할 말 없음!"

　"오―♪ 기쁜 말을 해주잖아."

　이나마는 희희낙락한 표정인 호조를 안주로, 얼음이 가득 든 보리차를 한 모금 마셨다.

　한쪽 팔을 괸 모습이나 잔에 묻은 립스틱을 훔치는 모습이 섹시해서, 웨이트리스에서 라운지 누님으로 돌변한 것처럼 보였다.

　"카자마는 어때? 나는 퍼펙트?"

"어. 퍼펙트, 퍼펙트."

"응~? 솔직하게 칭찬하라고—. 섹시한 여자라서 참을 수가 없다고."

"……."

어어……. 부끄럽다는 심정이 섞인 대답은커녕, 흘끗 보던 게 제대로 들켰다…….

"이나바 씨, 제 시선은 그렇게나 뻔히 보임까……?"

"신경 쓸 것 없어—. 너만이 아니라 남자는 죄다 뻔히 보이니까."

"안심해도 될 것 같기도, 안 될 것 같기도……!"

"아하하하핫! 닳는 것도 아니니까, 당당하게 봐♪"

깔깔 웃는 이나바는 너무 오픈이라고 할까, 너무 성모님이라고 할까.

책상에 넉넉히 얹은 두 가슴, 계곡에 폭 파묻힌 목걸이를 보고 싶다는 기분은 간절. 그렇지만 여기서 빤히 봤다가는 사람으로서 무언가를 잃어버린다는 기분이 들었다.

이미 잃었을 가능성에 대해서는 생각하고 싶지는 않다.

"어엿한 사이트가 완성되었으니까, 우리 사무소도 이제는 주식 상장이구나!"

나도 정말로 그렇지만, 호조도 정말로 이거.

무사태평한 꼬맹이는, '주식 상장! 기분 최상!'이라고 정말 말도 안 되는 라임을 타며, 다과인 새우 전병을 으적으적 먹고 있었다.

상장 운운은 제쳐놓고. 본론으로 들어가기에는 딱 적절한 타이밍이겠지.

"호조는 착각하고 있는 것 같은데, '사이트가 완성되었으니까 경사났네, 경사났어'라는 건 아니니까 말이지?"

"어. 그런 거야?"

동그란 눈동자로 어리둥절해 있는다고 의미가 바뀔 리도 없다.

"어디까지나 토대가 만들어진 것뿐이고, 앞으로도 사이트를 점점 키워갈 필요가 있다는 거야."

게이머인 호조에게 알기 쉽게 설명한다면 '보다 더 좋은 사이트로 만들기 위해, 하루하루 업데이트를 할 필요가 있다'라고 할까.

사이트를 만드는 밑바탕의 단계부터 호조의 의향이나 요청을 반영하고, 전문가로서의 조언도 할 수 있을 만큼 했다. 그 과정에서 차이가 발생하지 않도록 몇 번이나 미팅도 했다. 당연하지만 지금 보고 있는 사이트는, 백점 만점의 사이트를 목표로 하여 완성된 것이었다.

하지만 그것은 어디까지나 '현재 단계'에서의 이야기.

사이트를 만든 장본인, 이나바로서도 같은 의견.

"그래그래. 2년 뒤, 3년 뒤에도 전혀 갱신이 안 되는 사이트는 신선한 느낌이 부족할 테고, 사이트의 품질도 점점 낮아지는 거야—."

"나, 낮아진다니 어떻게 되는데?"

"검색 단어에 따라서는, 이전까지 제일 위에 나왔을 터인 사이트가 더는 안 나오게 되어버리지."

"히익……!"

심각한 바보인 호조에게 나오지 않게 되는 이유를 설명해 봤자 무의미하겠지.

하지만 이것은 그저 위협이 아니라 사실이다.

"사, 사기야! 제작비에 내 결혼 자금까지 썼는데!"

"으억?!"

태평한 여자는 어디로 갔는지. 새우 전병 같은 걸 먹을 때가 아니라며, 내 어깨랑 팔을 흔들흔들 셰이킹.

얼굴은 울상, 입에는 과자 부스러기, 손가락에는 소금이랑 새우 파우더 가득.

전체적으로 더러워……!

"뜯어먹을 생각이야?! 이 이상의 금전을 나한테 요구할 생각이야?!"

"실례되는 소리 하지 마! 현재는 최선을 다하고 있어!"

"그렇다면 책임을 지고 마지막까지 돌봐! 2년 뒤, 3년 뒤가 아니라 계속 날 돌봐! 평생 함께해 줘!"

"어……. 나, 프러포즈 받은 거야……?"

"아하하핫! 카자마는 인기 있네~ ♪"

이나바, 도와줄 생각 제로. 전병을 먹으며 버라이어티 방송 감각으로 우리의 대화에 대폭소했다. 전병이 목에서 막혀 버려라, 이 자식……!

평상시에 FPS 게임에서 잔뜩 희롱을 당한다고는 해도. 여기서 울분을 풀려고 괴롭히는 것은 아니었다.

"안심해. 제대로 해결 방법은 준비하고 있으니까."

"저, 정말? 내 생명 보험이라든지 해약해서 돈을 만들지 않아도 돼?"

그거 뭐야, 목숨보다 무거운 돈이잖아…….

"자, 이걸 봐."

말보다 증거, 그 말 그대로. 테이블에 놓여 있던 클리어 파일에서 소책자를 꺼내어 호조에게 건넸다.

소책자의 제목은 'WordPress 사용 방법'.

"워드프리즈 사용 방법?"

"워드프레스야. 갖고 싶어 했잖아."

거칠게 설명하면, 전문적인 지식이 없어도 가볍게 웹사이트 관리를 서포트해주는 시스템의 명칭이다.

"그 책자에 적혀 있는 순서대로 하면, 블로그에 기사를 적거나 시공 사례 같은 사진도 편집할 수 있을 테니까. 잃어버리거나 주스 흘리지 말라고?"

"??? 홈페이지 관리라니, 카자마네 회사가 해주는 거 아니야?"

"바보야. 앞으로는 네가 하는 거야."

"나?!"

자신을 가리키는 호조는 주전 선수나 메인히로인 자리에 대발탁된 것 같은 반응.

하지만 의외성 따위는 무엇 하나 없다. 호조가 반드시 해야 하는 일이니까.

"솔직히 말해서, 우리 회사로서는 이대로 사이트 운용 대행이랑 트러블 서포트를 맡는 편이 더 이익이야."

"그렇다면――,"

"하지만 공부하면 가능한 일에 굳이 큰돈을 쓰는 건 아깝잖아."

호조의 자그마한 몸이 펄떡, 크게 움직였다.

간신히 자신의 모순을 깨달았나 보다.

많은 돈을 쓰려고 하는 것은, 나나 이나바가 아니라 자기 자신이라는 사실을.

거래 상대의 요청대로 대응하는 것은 당연히 올바른 일이겠지.

그렇지만 충실하게 응하는 것만이 성실하다고는, 나는 생각하지 않는다.

"간신히 제대로 선전할 수 있는 사이트가 완성되었어. 앞으로의 비용 투자는, 인터넷 광고 쪽으로 집중하는 편이 낫겠지."

다시 말한다. 호조는 짜증 나는 꼬맹이다.

부탁한 데이터를 깜박 잊어버리는 일은 허다하고, 미팅 중에 조는 일도 드물지 않다. 게임으로 놀리러 오는 일은 일상다반사. 항상 두들겨 주고 싶다.

그래도 말이다. 수많은 인터넷 광고 대리점 중에서 호조는 우리 회사를 선택해 주었다.

필링이라고는 해도, 만난 지 얼마 안 된 우리를 신용해서 계약까지 해주었다.

제대로 납득할 수 있을, 진심으로 만족할 수 있을 거래를 목표로 하고자 하는 것은 지극히 당연한 일이겠지.

"가능한 만큼의 서포트는 내가 할 테니까. 우선은 블로그 정도부터 도전해 보자고."

갑작스러운 제안이니까 호조가 당황하는 것도 무리는 아니었다.

"나, 나라도 할 수 있을까?"

"매일 스마트폰이나 컴퓨터 만지고 있으니까 괜찮아. 젊으니까 팍팍 실패하고, 팍팍 흡수해."

"실패해서 사이트 데이터 전부 지워지면, 카자마는 도와줄 거야……?"

"그렇게 간단히 지울 수도 없고, 도와줄 테니까 안심해."

"안 도와주면, 카자마네 집에 스태프 총출동으로 쳐들어갈 건데 괜찮아?"

“적어도 혼자서 오라고…….”

원룸인 우리 집이 호조 건축 사무소의 아저씨 스태프로 가득 채워진다니 너무나도 싫다…….

“호, 혹시——,”

“아~. 시끄러—, 시끄러—.”

가정으로 하는 이야기는 좋아하지 않는다.

배운다기보다 익숙해져라, 하면 된다.

“이제 각오를 다져. 호조 건축 사무소를 일본 최고로 만들 거잖아?”

“——앗.”

그 대사는 효과 발군.

당연하다. 우리가 처음 만났을 때, 계약을 했을 때에 호조 자신이 한 대사니까.

내가 잊었다고 생각했다면 큰 착각이다.

불을 지피기에 차고 넘치는 연료였는지,

“~~~~웃! 좋————아!!!”

기세 좋게 일어선 호조는 굳이 내 자리까지 빙 돌아서 다가왔다.

그리고 힘껏 주먹을 쥐고 기운 가득히 말하는 것이었다.

“나, 각오했어! 이도 악물었고, 뱃심도 빡 줬고, 엉덩이에도 불이 붙었어!”

‘대체 부위 파괴를 얼마나 하려는 거야’라고 딴죽을 거는 것은 난센스.

"워드프레스를 마스터해서, 할아버지네 건축 사무소를 일본 최고로 만들겠어!"

"오오! 말 잘했어!"

대단하구나 짜증 나는 꼬맹이, 그렇게 엄지를 척 세워들자 호조도 지지 않겠노라 양손으로 엄지 척.

"카자마! 내가 말도 안 되는 실수를 저질렀을 때는, 전력으로 커버 부탁할게! 설령 웃어넘길 수 없는 실수를 저지르더라도!"

"너, 건축 사무소에 폭탄이라도 설치할 생각이야……?"

책임을 떠넘기는 것만 같았기에 나로서는 전혀 웃을 수가 없었다.

이나바는 너무나도 재미있나 보다.

여전히 테이블에 팔을 괴고서, 어째선지 나를 보며 싱글싱글했다.

"뭔데, 이나바."

"응~? 아니, 사쿠라코를 생각하는 카자마의 마음이 보답받으면 좋겠구나 싶어서."

"엉……?"

"그게 그렇잖아? '사이트는 워드프레스를 베이스로 만들어 줘'라고 나한테 부탁한다든지, 굳이 잔업까지 하면서 워드프레스 사용 방법을 정리한 자료를 만들었으니까."

“너, 너 말이야!” “어, 그런 거야?”

이나바 이 자식……. 마지막 순간에 쓸데없는 소리를 하기는……!

“넌 있지, 차가운 것 같으면서도 사실은 엄청 남을 잘 살핀다니까~♪”

“시, 시끄러—! 사람을 츤데레처럼 말하지 마!”

“아하핫! 실제로 츤데레잖아!”

동기 여자가 날 보고 대폭소하는 것이 괴롭다.

더욱 괴로운 것은——,

“카자마는, 날 좋아하는 거야? 어쩔 수 없네. 이번 노력을 봐서 허그랑 키스를——,”

“~~~~윽! 안 해도 돼!”

거래처의 짜증 나는 꼬맹이가 착각을 하는 것이 더욱 괴롭다.

호조도 그렇고, 이나미도 그렇고.

작금의 젊은이들은 감정을 지나치게 전면에 드러내는 것은 아닐까.

나도 본받아야 할까…….

4화: 술이 들어가면 제너레이션 갭을 느끼는 경향

묵비의무.

일정 직업이나 직무에 종사하는 사람, 혹은 계약의 당사자에게 부여되는 업무상, 직무상 얻은 기밀 정보를 일체 누설해서는 안 된다는 의무.

거칠게 말하자면 '회사의 비밀은 밖으로 절대 흘리지 마라'라는 정도일까.

회사가 독자적으로 개발한 정보를 흘리려고 한다면 보너스 삭감은커녕 잘릴 수도 있다. 고객 데이터가 새어 나간다면 거래처나 일반 소비자의 신용을 잃게 될 가능성도 무척 크다.

묵비의무가 깨져서 세간이 기뻐하는 것은 신제품 유출 정보 정도겠지.

신형 게임기의 이미지 사진만으로도 들뜨고 마니까, 인기 시리즈의 최신 정보가 미리 새어 나온다면 닌텐도파든 SONY파든 모두 사이좋게 축제 분위기.

iPhone 유출 정보 등등, 신작마다 엄청 유출된다는 인상이 있다.

그만큼 커다란 회사니까 '우릴 위해서 굳이 흘리는 거 아냐?'라고 생각해 버릴 정도다.

사과 이야기는 제쳐 놓고.

묵비의무라고 하는 것은 딱히 '회사'에 한정되는 이야기가 아니다.

'사람'에게도 있다.

인생을 살면 살수록, 타인에게 알리고 싶지 않은 정보가 크든 작든 생기는 법이다.

나한테도 물론 있고, 이나미 같은 얼빠지게 밝은 녀석한테도 있겠지. 이나바처럼 뭐든 오픈인 녀석한테도.

커리어 우먼인 선배는 어떨까?

……응.

가장 굉장할 것 같다.

※ ※ ※

"건배~예요♪"

"어, 수고했어."

짠, 도자기 잔을 서로 울리고 그대로 일본주를 입 안에 머금었다.

역시나 교토 후시미의 술. 잡맛이나 모난 부분이 일체 없이, 매끄러워서 마시기 편했다. 성신을 놓으넌 두세 모금 술술 넘기고 만다.

옆에 앉은 이나미도 마음에 드는 모양이라,

“푸하아…… ♪ 행복하구나 ♪ 마음도 몸도 따끈따끈해지는구나 ♪”

역시나 지역 전통주를 좋아하는 여자. ‘전, 지금 살아 있어요!’라는 심정이 전해질 만큼 행복 오라 만개. 메트로놈처럼 몸을 흔들며 내 어깨에 닿았다가 떨어졌다가.

너무 맛있게 마시니까 정신을 놓으면 두세 모금 술이 들어가 버린다.

“너는 정말로 맛있게 마시네.”

“에헤헤 ♪ 그야, 맛있는걸요.”

걸요, 라니.

귀여우니까 그만해 주시지 않겠습니까.

업무 종료. 나와 이나미는 변함없이 술집으로 걸음을 옮겼다.

우리가 자주 방문하는 술집 중 하나로, ‘술 무제한 30분 딱 480엔’이라는 압도적인 직장인의 아군, 지갑 사정에 너무나도 다정하신 초우량 가게다.

‘술 무제한이니까, 싸구려 술밖에 없는 거 아냐?’라고 생각했다면 무시하지 마시라.

이런 술집치고는 드물게도 드링크 바 방식을 채용하여, 드링크 코너에 있는 쇼케이스 타입의 냉장고에는 점장이 전국에서 매입한 자랑의 술들이 백 종류 이상 상비되어 마음대로 고를 수 있다. 됫병이 빼곡하게 늘어선 광경은 압권이라, 술을 좋아한다면 기분이 들뜨는 것은 틀림없다.

여자들은 케이크 뷔페에서 치즈 케이크나 몽블랑, 과일 타르트 등에 연심을 품는다. 꿈과 희망을 케이크 접시에 담아서, 미소와 함께 자기 자리로 돌아온다.

직장인은 이 술집에서 여과하지 않은 원주, 히야오로시*, 야마하이지코미**라는 녀석에 가슴이 두근거린다. 꿈과 희망을 작은 술병에 따르고, 들뜬 기분으로 자기 자리로 돌아온다.

이상, 직장인 마음 편한 휴식의 장이, 이 술집인 것이다.

여자 겸 직장인인 이나미는 작은 접시에 담은 소 내장조림을 덥석.

그대로 뺨을 누르고서 황홀.

"응~~♪ 달콤짭짤하게 조린 내장이 흐물흐물♪ 씹으면 씹을수록 기름과 채소의 감칠맛이 배어 나와요~♪"

"뭘까. 리뷰는 여성스러운데 아저씨 느낌도 흘끗 엿보인단 말이지……."

아재색의 패기라도 두른 걸까, 뭘까.

내장조림만이 아니라 일본주의 리뷰에도 여념이 없었다. 이나미는 스마트폰을 꺼내더니 그대로 메모장에 감상을 적었다.

"으음. 에이쿤에서 만든 히야오로시는 과일을 연상시키

<hr>

*겨울에 양조하여 다음 가을에 출시하는 일본주.
**발효에 자연 효모를 사용한 일본주.

는 프루티한 맛이 있어서, 소 내장조림과 상성이 딱. 마치 저와 마사토 선배의 관계랑 똑같이, ……라고.”

“아니, 야. 적당적당한 리뷰 하지 마.”

“음. 적당적당하다니 당치도 않아요! 그것까지 의심한다면, 에이쿤과 내장조림의 이 사랑을 몸으로 맛보세요!”

“이 녀석……. 우리 관계에는 전혀 의심이 없어……!”

내가 어이없어 해도 듣는 둥 마는 둥. 이나미의 하드 멘탈에는 노 대미지.

“이렇게 된 바에는!”

“엉?”

“마사토 선배한테 꼬옥~~~♪”

“허어?!”

갑자기 옆에서 끌어안으니 목소리도 거칠어진다.

“너너너너 뭐 하는 거야?!”

“평소의 커뮤니케이션을 키우는 것으로, 저희의 농밀한 관계를 떠올리게 만들려고요! 먹고 마시기만 하는 게 아니라 일석이조——, 안성맞춤이 아닐까요!”

이나미는 분명히 거물이라고 생각한다. 이렇게나 눈을 반짝반짝 빛내며 자신의 욕망을 당당하게 드러낼 수 있으니까.

“참고로 이번 ‘꼬옥~’은 ‘소’에 맞춰 봤어요♪”*

“완전 별로라고—!”

이런 분위기로 아직 일본주 첫 잔이라니…….

---

*일본어로 끌어안는 의성어와 소는 ‘규’로 발음이 똑같다.

대담한 허그 공격은 더더욱 지속 중. 이나미는 여봐란 듯이 내 어깨나 가슴팍에 뺨을 비비거나, 위팔이나 옆구리로 가슴의 감촉을 알 수 있을 만큼 밀착하거나.

작은 체구이지만 몸매는 제대로 성인 여성에, 머리카락이나 옷에서 희미하게 감도는 향기는 한 번 호흡하는 것만으로 심장의 고동을 손 쓸 도리 없이 빠르게 만들었다.

무엇보다도 제로 거리 스마일이 너무 반칙이었다.

"우리도 내장조림에 지지 않을 만큼 흐물흐물해져요♪ 차가운 술이 뜨거워질 정도로 살과 살을 맞대버려요~♪"

"으~! 한창때 여자니까, 조금은 자중이라는 말을 배워!"

"아뇨아뇨. 아저씨 느낌이 흘끗 보이는 저한테는 인연이 없는 말이에요."

"이, 이 자식……. 이럴 때만 말꼬투리 잡지 말라고……!"

"자자! 저는 아저씨라 생각하고, 잡아먹을 듯이 끌어안는다면!"

"아저씨를 잡아먹겠냐!"

처녀도 아니고 아저씨도 아니다.

그저 육식계 여자였다.

"정말이지……. 나날이 늠름해지기는."

간신히 이나미를 떼어내는 것에 성공하고, 부끄러운 심정을 감추려고 내장조림을 입으로 넣었다.

소 내장의 맛은 물론, 날 것 그대로 잘린 대파나 양파가

제 역할을 해서 식욕을 한 층, 두 층 끌어올렸다.

무심코 술잔으로 손을 뻗자,

"자자."

"어, 어어."

술병을 든 생글생글 미소의 이나미가 일본주를 넘실넘실 따라 주었다.

그대로 술잔을 쭉 기울이고는 무심코 툭하니 중얼거리고 말았다.

"응……. 맛있네."

이나미의 말을 인정하는 것 같아서 부끄럽냐면, 죽을 만큼 부끄럽다.

하지만 상성이 딱이라는 말이 정말로 딱 맞는 만큼, 무어라 대답할 말이 없었다.

무엇보다도──,

"그렇죠? 저랑 마사토 선배 같죠?"

"……뭐, 그러네. 그런 걸로 해줄게."

"에헤헤. 만세♪"

눈앞에서 애교 가득하게 바라보는 여자애를 봤더니 반발할 기력 따위는 박살났다.

스스로 생각해도 참 단세포구나.

"후훗♪ 카자마 군은 여전히 솔직하질 못하네."

"그러네요. '나기사, 오늘밤은 나랑 함께 흐물흐물해지자고?’ 정도는 말할 수 있으면 좋을 텐데~.”

단세포라는 것만으로 이런 소리를 듣는다.

“아♪ 수고하셨어요, 쿄카 선배, 미히로 선배.”

“응, 수고했어.” “수고―.”

뒤늦게 찾아온 것은 스즈모리 선배와 이나바.

첫째와 둘째가 모이니 오늘의 음주 멤버가 전원 집결.

이나미 하나로도 화사한 자리인데 세 자매가 모이니 한층 더 화사해지는구나.

“수고하셨어요. 생각했던 것보다 일이 빨리 끝나셨나 보네요.”

“응. 오랜만에 귀여운 후배들과의 식사니까. 열심히 해서 빨리 끝내 버렸어.”

그렇게 말하며 키보드를 두드리는 제스처를 하는 스즈모리 선배. 연상이면서도 귀엽다는 표현이 딱 어울리는, 그야말로 갭 모에였다.

“나·기·사, 오늘밤은 흐물흐물해지자고?”

“아이~잉♪ 흐물흐물 녹아 버려요~♪”

바보 같은 대화를 나누는 이나바 & 이나미 콤비는 카운터 석이라도 가주시면 안 될까요.

멤버 전원이 20대인만큼, 우리는 회사 안에서 젊은이 부류에 들어간다.

하지만 이렇게 젊은 사람들 중심으로 모이면 세대 차이를 느끼고 말 때가 이따금 있었다.

세대 차이, 그것은 즉 제너레이션 갭.

본격적인 술자리가 시작되고 얼마나 지났을까.

지금의 화제는 어릴 적에 유행한 게임에 대해서.

"그게 말이죠, 제가 처음으로 만진 게임기는 DS였어요."

"우와. 나왔다, 세대 차이!"

좋은 느낌으로 알코올이 들어가서 그럴까. 내가 좋아하는 장르라서 그럴까. 이나미의 대답에, 스스로도 소름──, 기분이 들뜨는 것을 알 수 있었다.

유행하고 저물고, 일진월보(日進月步)가 극심한 게임 업계다. 제너레이션 갭을 느끼기에는 안성맞춤. 인기 시리즈 게임 따위, 불과 몇 년이면 신작이나 리메이크판이 발매되니까 조금만 정신을 높으면 뒤처지는 건 물론, 옛날 사람 취급을 당할 때도 있다. 무서운 업계였다.

동년배인 이나바도 '히야~. 진짜냐─'라고 절실히 갭을 느끼는 모양이라,

"카자마, 우리가 어릴 적의 휴대용 게임기는 뭐였더라?"

"어. 게임보이 어드밴스겠네."

"아, 그거─ 그거─. 친구네 집이라든지 공원에서 자주 포켓몬했지~."

"루비, 사파이어였지?"

“아하핫. 엄청 그립네. 나, 사파이어였어!”

“저는 다이아몬드예요. 할아버지가 몰래 사줬거든요~♪”

응응. 갭을 쉽게 느낀다고는 해도 역시나 게임.

게임기나 컨트롤러를 잡지 않더라도 당시를 그리워하는 것만으로 모두 미소를 지을 수 있는 멋진 툴이었다.

‘지금, 밥을 먹지 않고서 어떻게 하겠느냐’라고, 볶음밥을 입 안 가득 쓸어 넣으려고 했다.

——그랬는데,

“DS……? 어드밴스……?”

“스, 스즈모리 선배?”

무심코 밥을 뜬 숟가락을 접시에 돌려놓고 말았다.

그도 그럴 터. 평소에는 어른의 여유 가득한 스즈모리 선배의 목소리가 떨리고 있으니까.

어쩐지 얼굴은 파랗고, 닭튀김에 짜려던 레몬이 좌아아아악! 필요 이상으로 대작열.

“나, 게임보이 컬러인데……, 피카츄판*인데……!”

“어, 어어…….”

제너레이션 갭 단골.

연장자, 가장 큰 대미지 받는 경향.

압니다. 안다고요, 스즈모리 선배. 이런 화제는, 가장 위의 사람은 그리워하는 반면, 쓸쓸한 기분이 너 웃놀고 마는 거죠…….

---

*일본 기준, 피카츄버전이 98년, 루비가 02년, 다이아몬드가 06년.

"쿄, 쿄카 선배. 괜찮잖아요! 피카츄 귀엽잖아요!"

안다. 안다고, 이나미. 이런 거, 연하가 가장 신경을 쓰는 법이지. 가장 최근에 태어났다는 것만으로 괜한 죄책감을 느끼고 마는 거지.

"아하핫! 쿄카 선배, 엄청 풀 죽었잖아!"

이나바. 너는 여전히 완전 쓰레기구나. 레몬을 짤 때가 아니야.

스즈모리 선배가 몸을 내밀었다. 충격을 받고 잔뜩 동요한 표정은 그야말로 레어한 얼굴.

정면에 앉은 나로서는 '얼마나 애통하십니까'라고 할까, '감사합니다'라고 할까.

"그, 그럼! 너희는 통신 케이블 같은 거 안 썼어?!"

""통신 케이블?""

어리둥절, 이나미&이나바가 고개를 갸웃거리자 스즈모리 선배는 '말도 안 돼'라고 가냘프게 중얼거렸다.

이대로는 스즈모리 선배가 세대 차이의 압력에 울어 버릴 가능성 있음.

선배를 다시 세워 놓고자 내가 철저하게 해설 캐릭터 역할을 해야 하지 않겠나.

세워 놓는다기보다 꺾이지 않도록 하는 것이지만…….

"당시 대부분의 게임기는 DS라든지 PSP처럼 무선통신 기능이 내장되어 있지 않았거든. 그러니까 USB 케이블 같은 걸 서로의 게임기에 연결해서, 친구와 통신 플레이를 했던 거야. 그게 통신 케이블이지.”

““호~.””

내가 알고 이나바가 몰랐던 것에는, 보급율의 문제도 있을 것이다.

어드밴스용 통신 케이블도 있었지만 케이블 없이도 통신할 수 있는 외부 부착용 무선 어댑터도 발표되었다.

“당연히 케이블이 빠지면 에러가 발생해. 통신 대전에서 질 것 같다면 케이블을 뽑는 역전의 용사도 반에 한둘은 있었지.”

“그건 역전의 용사라기보다 비겁한 녀석 아닌가요……?”

쓴웃음 짓는 이나미에게는 정답 인형 하나 드리고 싶다.

“~~~웃! 다행이야, 동료가 있어 줘서♪”

시대라는 파도에 홀로 남겨지지 않았다는 사실이 스즈모리 선배는 어지간히도 기쁜가 보다. 기쁨을 표현하고자 ‘마셔, 마셔’라며 내 술잔에 일본주를 따라 주었다.

처음이었다. 통신 케이블을 아는 것만으로 이렇게까지 인생에 득을 볼 줄이야.

커리어 우먼이라기보다 그저 예쁜 누님.

“있지있지, 카자마 군. 옛날의 게임기는 투명했지?”

“투명? 아, 스켈레톤 말이죠.”

““스켈레톤?””

아니나 다를까, 고개를 갸웃거리는 이나미 & 이나바에게 설명했다.

"안의 기판까지 굳이 보이도록 만든 투명한 타입의 상품을 '스켈레톤'이라고 해. 옛날에는 이상하리만큼 스켈레톤 타입이 유행해서, 64라든지 거치형 컨트롤러만이 아니라 소프트웨어까지 투명했거든."

"아~. 확실히 내 주위에도 비치는 어드밴스나 64 갖고 있는 아이 있었을지도."

"그렇지?"

"남자는 다들 비치는 걸 좋아하는구나."

이나바가 계곡에 파묻은 목걸이를 만지작거리며 짓궂게 바라봤다.

'내가 가진 것도 투명했어요'라고 죽어도 말할 수 없었다.

비치는 걸 좋아하는 건 나만이 아니다. '그래그래, 스켈레톤이야~♪'라며 스즈모리 선배는 입술에 손가락을 대고 싱긋 웃었다.

"지금은 무지개색으로 빛나는 컴퓨터라든지 마우스가 인기잖아. 그렇지, 카자마 군?"

"아! 아, 예!"

놀랐다.

이전에 함께 PC숍에 갔을 때, 내가 가르쳐 준 아무래도 상관없는 지식을 스즈모리 선배는 기억해 주고 있던 모양이니까.

조금이라고 할까, 무척 기쁘다. '제대로 기억하고 있어?'라고 그러는 것같이 맑은 눈동자를 가늘게 뜨자, 술이 아니라 스즈모리 선배에게 취해 버릴 뻔했다.

무심코 상상까지 해버렸다.

'비치는 거 좋아하는 스즈모리 선배, 인가…….'

……응, 최강으로 야한 조합이구나…….

"아———앗! 마사토 선배, 틀림없이 야한 눈으로 쿄카 선배 보고 있어! 틀림없어요! 뺨이 헤실헤실해요!"

"허어?!"

"아까도 목걸이 보는 척하면서 미히로 선배 가슴 봤다고요?! 치사해요! 어째서 저만 성적인 눈으로 안 봐주는 건가요!"

"뭘 화내는 거야?! 아니, 대놓고 셔츠 단추 풀지 마!"

공공의 면전에서 야한 작전을 걸려고 드는 후배.

"카자마 군. 일단 사과하는 것부터 시작하자고……?"

화가 났는지 부끄러운지. 뽀로통한 눈빛의 선배.

"아하핫! 카자마는 안주거리가 잔뜩 있구나~♪"

더 마시라며 술병을 내미는 동기.

한편 그 무렵, 나.

천천히 손을 들며, 다가온 점원에게 물었다.

"저기…… 따듯한 마무리로 하나 추천할 게 있을까요?"

※　※　※

커다란 자연산 대합이 들어간 소바로 힐링하고, 오늘 술자리는 폐막.

금요일 밤인 만큼 사람이 많아서. 역과 연결되는 지하상가로 들어서니 우리와 마찬가지, 마시고 돌아가는 학생이나 직장인들이 역을 향해 걷고 있었다.

너무 마셔서 잔뜩 들뜬 사람도 있고, 발걸음이 불안한 중년도 있고.

"마사토 선배, 쉬~."

"난 쉬야가 아니야."

화장실을 재촉하는 신입 여자애가 있고.

아니나 다를까, 이나미도 만취 상태. '오늘이야말로 교토의 술을 제패하겠어—!'라고 벼르며 잔뜩 마신 결과가 이 꼴이었다.

그리고 유유상종.

"나도 화장실 가고 싶어~."

이나바도 꽤나 마신 모양이었다. '으냐~……' 하고 맥 빠진 목소리를 흘리며, 볼륨감 있는 가슴이 꽉 짓눌릴 만큼 내게 성대하게 몸을 기댔다.

"편해라~♪ 카자마한테 기댔더니 화장실은 아무래도 상

관없어졌을지도.”

“어, 정말인가요?”

“정말, 정말. 나기사도 붙어 봐.”

“그래요그래요. 그러면 저도 마사토 선배를 빌려서⋯⋯. 앗, 정말이다! 마사토 선배의 온기와 냄새로 가득~♪ 이건 꽃을 따러갈 때가 아니네요~♪”

오른쪽에 미녀(이나바), 왼쪽에 미녀(이나미). 스쳐 지나가는 사람들이 보기에는, 미녀 둘에서 끼어 있는 나는 부러운 존재일지도 모르겠다.

그렇지만──,

“부, 붙지 말라고 주정뱅이들!”

총구라고 할까 방광으로 겨눠지는 몸이 되어봤으면⋯⋯.

“그보다 절대로 힘 풀지 마라?! 풀었다가는 이런저런 의미에서 죽어 버리니까?!”

““⋯⋯허리띠를?””

“그럴 리가 없잖아, 멍청이들!”

지하상가의 광장, 끌어안긴 채로 개운해지기라도 해봐라. 나까지 지린 그룹의 일원으로서 더러워지고 만 슬픔을 등에 지고 살아가야만 한다.

“꺄~♪ 선배가 화났어♪” “도망쳐, 도망쳐~♪”

취한 여자들이 화장실을 향해 후다닥.

빈틈없이 남의 어깨에 가방을 걸고 갔잖아⋯⋯.

“후훗. 카자마 군, 인솔 담당 선생님 같네.”

“제가 선생님이라기보다, 저 녀석들이 너무 꼬맹이 같은 거라고요.”

최후의 양심, 스즈모리 선배는 쿡쿡 웃으며 로커 옆에 있는 벤치를 가리켰다.

“앉아서 기다릴까.”

“예.”

둘이서 벤치에 앉고나서 스즈모리 선배는 크게 기지개를 켰다.

“오늘은 잔뜩 마셔 버렸네~.”

만취한 것은 아니지만 이나미나 이나바와 마찬가지, 허용량 이상으로 술을 마셨을 것이다.

으다다, 앉은 상태로 팔다리를 뻗으니 와이셔츠가 당겨져서 몸의 실루엣이 드러나거나. 치맛자락이 올라가서 날씬한 허벅지 안쪽이 흘끗 보이거나.

별것 아닌 행동임에도 불구하고 마치 드라마의 한 장면 같았다. 나와 마찬가지, 스쳐 지나가는 사람들은 무심코 스즈모리 쿄카라는 존재에게 시선을 빼앗기고 말았다.

아름다운 이 누님이 전직 카리스마 모델인 MIRA라는 사실을 안다면, 놀라는 사람도 틀림없이 많겠지.

“아. 그러고 보니 스즈모리 선배. 무지개색으로 빛나는 PC 기기 이야기, 잘 기억하고 있었네요.”

“물론 기억하지. 그게 말이지, 카자마 군의 설명, 독특해서 재미있는걸.”

스즈모리 선배는 검지를 쭉 세우더니 싱긋 입가를 끌어올렸다.

“일곱 색깔의 빛은, 남자의 로망이라며?”

“! 아, 예……. 남자의 로망임다…….”

‘그렇구나, 그렇구나♪’ 하고 선배는 더욱 희희낙락한 표정을 짓는다.

그런 만족스러운 표정을 봤더니, 나로서는 조금 전 편의점에서 산 생수를 벌컥벌컥 들이킬 수밖에 없었다.

“카자마 군, 아까는 고마워.”

“응? 뭐 말이에요?”

“외톨이인 나를 도와줘서.”

아, 그렇구나.

스즈모리 선배는 술집에서 했던 게임 토크를 말하는 모양이었다.

“아니아니, 도와주다니 오버예요. 그냥 제가 게임을 좋아하는 것뿐이니까요.”

“그냥 게임을 좋아하는 사람이 없었다면, 난 지금쯤 만취해 버렸을지도 모른다고?”

“통신 케이블 이야길 얼마나 질질 끌고 갈 생각임까…….”

“그게 말이지. 미히로랑 나기사가 ‘통신 케이블?’이라고 어리둥절했을 때, 조금 울 것 같았는걸."

"하하하……."

"웃—지—마—."

벌이라는 이름의 포상 스킨십 돌입. 뾰로통한 눈빛의 누님이 양손을 꾹꾹 가볍게 꼬집으니, 쓴웃음이 아니라 진심에서 우러나오는 미소가 되어버릴 것만 같다.

"카자마 군, 이상한 얼굴~♪"

'그러는 당신의 미소는 최고로 귀여워요……!'

옆에서 보면 남들 앞에서 알콩달콩하는 사회인 바보 커플로 보일지도 모르겠다.

그런 생각을 하는 것만으로 '바보 커플 대환영'이라며 더더욱 뺨이 풀어졌다.

무간지옥이었다.

후배의 뺨으로 한바탕 제대로 논 스즈모리 선배는 '아~, 즐거웠다'라며 간신히 손가락을 떼어주었다.

"미안미안. 감사하고 싶었을 텐데, 그냥 놀려 버렸어."

"저, 정말이라고요. 지나가는 사람들이 엄청 쳐다봐서, 부끄러웠어요."

"애인사이라고 여겨졌으려나?"

"무슨——!"

"아하하! 얼굴 새빨개져서, 넌 정말로 귀엽구나♪"

"~~~! 너무 놀린다고요!"

“그렇게 너무 놀림을 당한 카자마 군한테, 작은 정보를 선물해 줄까.”

“예?”

고개를 갸웃거리자 마침 잘 되었다고 할까.

아래를 향한 귀 가까이 반걸음 다가온 스즈모리 선배가 나한테만 들리는 목소리로 속삭였다.

“MIRA라는 모델명의 유래는 있지. 쿄카(鏡花)에서 따온 거야.”

“…………. 예엣?!”

“거울은 영어로 미러잖아? 그걸 조금 틀어서 MIRA가 된 거야.”

쿄카→거울 경(鏡)→미러→미라→MIRA

그런 공식이 완성되자 ‘과, 과연……!’이라는 마음속의 목소리가 새어나오고 말았다.

동시에 갑작스러운 커밍아웃에 놀람을 감출 수 없었다.

‘OL인 스즈모리 쿄카를 평가받고 싶다. 그러니까 독자 모델 시절이었던 MIRA는 누구에게도 알리고 싶지 않다.’

그렇게 이야기했음에도 불구하고 말이다.

“작은 정보라고 했는데, 이거 무척 레어 정보 아닌가요?”

“으~응, 그러네. 사이좋았던 모델 아이 말고는 가르쳐 주는 거 의외로 처음일지도.”

“전혀 작지 않잖아……!”

“뭐, 괜찮지 않을까? 지금은 나, 일반인이니까.”

“가, 가볍지 않습까?”

“어?”

“가볍다니 전혀.”

“예?”

“카자마니까 괜찮아.”

시원스럽게 나온 말에 무심코 눈을 부릅뜨고 말았다.

그리고 미소를 짓는 스즈모리 선배에게 마음이 빼앗겨버렸다.

“너랑은 신뢰할 수 있는 관계를 쌓았다고 생각하니까. 그러니까 너한테만 가르쳐 주는 거야.”

“읏!”

지하상가는 발소리나 대화소리가 잘 울린다.

그럼에도 불구하고 눈앞에 있는 여성의 말을 들은 이후, 주변의 소리가 전혀 들어오지 않았다.

가볍다고 말한 스스로를 두들겨 패고 싶어질 정도. 이러다가 살짝 울 것만 같을 정도.

‘신뢰하고 있다’가 아니라, ‘신뢰할 수 있는 관계를 쌓았다’라고 말해 주었다.

그것은 일방통행이 아니라 후배인 나도 스즈모리 선배를 신뢰한다는 걸 알아 준 것이다.

이렇게까지 후배로서 고마운 일은 없다.

“고맙슴다. 이 훌륭한 작은 정보, 평생 마음에 새기고 살겠습니다!”

“아하핫♪ 카자마 군 과장이 너무 심해. 하지만, 든든한 대답이라 안심했어요.”

내가 경례하자 스즈모리 선배도 기분 좋게 경례해 주었다.

서로의 기분이 고양되어 있는 것은 알코올 탓.

──그런 것으로 해두자고 생각했다.

긴 것 같은, 순식간인 것 같은.

“기다리셨죠.” “기다렸지~.”

화장실에 갔던 이나미와 이나바가 벤치에 앉아 있는 우리 곁으로 다가왔다.

무슨 일일까.

“으음~?”

엉거주춤한 자세의 이나미가 내 얼굴을 빤히 바라봤다.

“왜, 왜 그래 이나미.”

“마사토 선배의 기분이 무척 좋아 보여요. …………헉! 혹시 마사토 선배! 쿄카 선배한테 또 야한 짓을 한 게──,”

“안 한다고─!” “아, 안 당했어요!”

이나미의 관찰안 대체 어떻게 된 거야……!

어이없어 하면서도 시계를 확인하니 23시를 넘은 시간.

“자. 역으로 갈까.”

“어~~. 아직 시간 있잖아요. 지하상가에 서서 마시는 집이라든지, 조금 더 마시자고요.”

평범한 후배는 가장 빨리 돌아가고 싶어 하는 법인데 말이지.

“기각. 금요일 밤이라 막차 붐비니까 빨리 돌아가자고.”

“싫어싫어싫어! 첫차로 돌아가면 텅텅 비어 있다고요!”

“태연하게 밤 새려고 들지 마!”

‘아이 러브 유—! 홀드 미—!’라고 의미도 모를 소리를 하며 내 허리에 덥석 달라붙었다. 이미 마시고 자시고 관계없잖아.

뭐, 막차 직전까지 이나미가 투덜거리는 건 약속된 이벤트니까 당황할 필요는 없다.

게다가 오늘은 든든한 아군들이 있다.

“카자마, 나한테 맡겨.”

“그래. 제대로 말해 줘.”

역시나 의지할 수 있는 동기, 이나바.

나를 향해 엄지를 척 세우더니 그대로 이나미에게 이야기했다.

“그럼 나기사. 오늘밤은 호텔로 갈까.”

“………… . 허어?!”

술집에서 이나바가 한 말을 떠올리고 말았다.

‘나기사, 오늘밤은 나랑 함께 흐물흐물해지자고?’

예상치 못한 내장조림 전개……?!

5화: 여자 모임 ~러브호텔에서 사랑을 담아~

프론트에서 받은 카드키를 현관 앞에 설치된 카드 홀더에 꽂았다.

캄캄했던 실내에 조명이 켜지고, 오늘밤 묵을 방의 전모를 보게 되었다.

"여, 여기가 러브호텔……!"

이나미 나기사 22세.

오늘, 러브호텔 데뷔해 버렸습니다.

처음 오는 공간인 만큼, 그만 이곳저곳 탐험하고 말았다.

우리가 예약한 것은 여자애 혼자 자취하는 것 같은 방. 앞의 담화 공간에는 소파랑 테이블, 커다란 텔레비전이나 원도어 타입 냉장고랑 전기포트까지 놓여 있었다. 이런 설비들은 비즈니스호텔과 크게 다르지는 않아 보였다.

냉장고 옆에 있는 자판기 같은 박스에는 컨디셔너나 칫솔 같은 어메니티만이 아니라 행위를 달아오르게 만들 굿즈가 잔뜩 모여 있었다.

"이건 입는 의미가 있을까……?"

두근두근할 정도로 천이 적은 란제리 따위도 있고.

기포가 올라오는 욕조는 두 사람이라도 쑥 들어갈 수 있을 정도로 넓었다. 스위치를 켜자 욕조 하부에 달린 조명이 무지개색으로 빛을 발했다.

"쿄카 선배가 말한 그대로예요. 무지개색으로 빛나는 게 지금의 트렌드군요……!"

그리고 퀸 사이즈 침대.

주장이 매우 강한, 커다란 침대 앞에 서자 '역시 이 방은 사랑을 가꾸기 위해서 있구나'라며 재확인하고 말았다.

그때,

"꺄…….."

침대를 내려다보던 나는 그대로 떠밀려 쓰러졌다.

그리고 탐닉하듯 내 위로 누군가 걸터앉았다.

어쩌면 원한다고 여겼을지도 모른다.

마음의 준비 따위는 하게 해주지 않았다.

하지만 이 방에 들어오기로 결정했을 때부터 각오는 되어 있었다.

내 처음, 소중하게 사용해 달라고요……?

"나 · 기 · 사. 이제부터 흐물흐물해지자고?"

"아~앙♪ 미히로 선배한테 먹혀버려~♪"

"이 바보들이……! 언제까지고 그 이야길 질질 끄는 건 그만해……!"

""예~~~♪""

러브호텔 데뷔의 상대는 마사토 선배.

──가 아니라, 미히로 선배와 쿄카 선배.

물론 사랑을 가꾸려는 것이 아니었다.

러브호텔 이용 방법은 의외로 다양한 모양이라, 여행이나 출장의 호텔 대신에 사용하는 사람이나, 원격 업무나 자습실 대신에 사용하는 사람도 있다나.

그리고 이용 방법 중 하나로 여자 모임이 있다.

처음 들었을 때는 깜짝 놀랐지만 노래방이나 게임도 가능하고, 맛있는 음식이나 간식도 있고, 음식 반입도 가능하고. 들으면 들을수록 파티에 적절한 이 장소에서, 대학생 정도 여자 그룹으로 이용하는 아이들은 무척 많은 듯했다.

"카자마도 묵고 가면 좋았을 텐데~. 그러면 여자 모임이 하렘 모임이 되었을 텐데."

"그러네요. 내일은 휴일이니 좀 더 같이 있고 싶었어요!"

"아하하……. 러브호텔에서 여자 셋이랑 같이 보내는 건, 아무리 카자마 군이라도 거북하겠지."

뭐, 그렇겠죠.

마사토 선배, 그런 거 익숙하지 않은 모양이니까.

아니, 익숙하다면 오히려 제가 곤란하지만요.

※ ※ ※

시간을 거슬러 올라가서 20분 전. 일의 전말은 이러했다.

전철 개찰구 앞. 마사토 선배는 드디어 귀가할지, 2차에 참가할지의 선택에 내몰렸다.

"카자마도 올래? 오늘밤은 4P해 버릴 수 있을지도?"

미히로 선배의 농담인지 진심인지 의심스러운 조크에,

"4, 4P?! 마, 막차 다 됐으니까 돌아갈 거야 바보!"

"아, 셋이 같이하면 네가 못 버티려나?"

"~~~~윽! 못 버티긴, 아주 끝장 나거든————!!!"

"아하하하! 끝장이 난대!"

미히로 선배의 웃음소리를 뒤로, 마사토 선배는 역 플랫폼을 향해 전력 대시.

유혹을 극복한 뒷모습은 멋있는 것도 같고 애수가 감도는 것도 같고.

괜찮으니까요, 마사토 선배.

저라면 언제라도 러브호텔에 같이 가드릴게요!

※ ※ ※

"마음을 다잡고, 2차 시작해 버릴까."

쿄카 선배도 오늘은 끝까지 어울려 줄 모양이었다.

남성의 시선을 신경 쓸 필요가 없다며 셔츠 단추까지 하나 풀었다.

"화제는…… 아♪ 기왕이면 카자마 군 토크라도 할까?"

“대찬성이에요♪” “오. 카자마 뒷담화해 버리나요—?”

만장일치로 정해졌습니다. 다들, 마사토 선배를 좋아하니까.

편의점에서 잔뜩 사온 술이랑 과자를 테이블에 펼치자 순식간에 여자 모임이 완성되었다. 술집에서 맛있는 지역 술이랑 요리를 잔뜩 즐겼으니까, 지금은 정석인 캔 맥주와 막과자 안주가 있다면 충분하다.

그러니까 마사토 선배가 일하는 모습 등에 대해서, 계속 이야기했다.

푸쉭 좋은 소리를 내며 캔 맥주를 비우는 미히로 선배. 벌써 세 캔 째라고요?

“카자마는 있지. 눈이 죽어서 차가운 느낌이지만, 실제로는 남을 무척 잘 돌본단 말이지~.”

“알 것 같아요! 어딘가 모르게 다정함이 느껴진다고요!”

“워드프레스 이야기 알아? 호조 건축 사무소 일인데.”

“어. 무슨 일이 있었나요?”

“그 녀석 있지. 사쿠라코를 위해서 굳이 잔업까지 해서 자료를 만들었거든. ‘초보인 호조라도 홈페이지를 만들 수 있도록’ 한다고.”

“아~♪ 엄청 마사토 선배다워서, 두근두근해 버려요~♪”

“아하하! 그렇지그렇지?”

좋아하는 사람을 화제로 삼으며 마시는 술은, 역시나 맛있구나.

나도 그만 새로운 캔으로 손을 뻗고 만다.

"마사토 선배는 옛날부터 남들을 잘 돌봤나요?"

"응, 그러네. 교육 담당으로 임명된 것도, 배려할 줄 아는 아이라는 게 가장 큰 이유였으니까."

쿄카 선배는 안주인 피스타치오를 가느다란 손가락으로 집어 들더니 데굴데굴 손가락으로 가지고 놀았다.

그저 그것뿐인 동작인데도 동성인 나조차 색기에 살짝 두근거렸다.

"뭐, 교육 담당이 된 뒤로는 이래저래 고생하고 있는 모양이지만."

내가 알기 쉽게 ?를 띄우며 고개를 갸웃거리자 쿄카 선배는 조금 씁쓸한 표정으로.

"소중하게 키웠던 신입 아이가 갑자기 그만둔다든지, 엄하게 대하는 이유가 신입에게는 전해지지 않아서 충돌해 버린다든지. 정말로 이래저래."

쿄카 선배도 신입 교육을 담당했다는 걸 알고 있었기에 굉장한 설득력이 있었다.

그리고 사람을 키운다는 것이 얼마나 어려운지도.

"그러니까 있지. 나기사도 무리하는 건 금물이지만, 가능한 한 카자마 군을 서포트해 주겠니?"

"예. 저, 마사토 선배랑 여러분께 도움이 될 수 있도록, 열심히 노력할게요!”

“응♪ 좋은 대답이에요.”

쿄카 선배가 나를 끌어안으며 머리까지 쓰다듬어 주었다.

“에헤헤. 간지러워요.”

예쁜 언니, 존경하는 선배가 있는 힘껏 포옹하자 무심코 얼굴이 녹아버린다.

장소가 장소인 만큼, 여자인 나라도 가능할 것 같은 기분이 되어버릴지도……?

문득 깨달은 듯, 미히로 선배가 ‘아. 맞다 맞다’ 하고 말을 꺼냈다.

“오늘 나, 메르피크야.”

“와. 아주 적절하네요!”

메르피크. 정식 명칭 메르시 & 피크닉은, 지금 막 우리가 클라이언트 후보로 삼고 있는 란제리 숍이다. 요전의 점심 시간에도 쿄카 선배랑 같이 메르피크 이야기를 했다.

“미히로도? 나도 오늘은 메르피크 입고 있어.”

“저는 매일 메르피크예요. 그러니까, 오늘도 물론 메르피크예요♪”

“아하하! 브래지어 브랜드로 3페어구나~.”

쿄카 선배도, 메르피크 신자인 나까지 메르피크. 미히로 선배가 남은 캔 맥주를 들이켜고, 호텔 바닥에 눕있다. 안 돼, 미히로 선배 얼굴이, 엄청 취했다.

그런 소리를 하면서도, 나랑 쿄카 선배도 무척 취했다.

"다 같이, 서로 보여 줄까?"

"좋네요! 선배들이 어떤 거 입고 있는지 흥미 있어요!"

"어, 그거 뭐야── 뭐, 상관은 없지만."

그렇게 되어서,

""""하나, 두~~~울.""""

짜─안! 하며 OL 여자 셋이서 서로 브래지어를 드러내고 말았다.

누가 본다면 대체 무슨 상황이야? 그럴 느낌이지만.

뭐, 즐거우니까 됐나.

미히로 선배의 브래지어는 이번 시즌 메르피크의 신작. 블랙 레이스가 화사하게 미히로 선배의 탐스러운 과실을 감싸고 있었다. 가느다란 어깨끈도 귀여웠다.

쿄카 선배의 브래지어는 요전에 점심시간에 보았던 티어스의 콜라보와는 또 다른 신작이었다. 샴페인 골드의 반 시스루 같은 디자인은 귀여움과 섹시함이 어우러졌고, 특히 평소의 쿨한 쿄카 선배가 입으니 엄청 야했다.

"두 분 다 귀여워요─! 안 돼, 야해, 반해 버려요♪"

"그러는 나기사도 엄청 공격적이잖아."

"응응, 대담하지만 나기사답기도 해서 귀여워~."

"감사합니다♪"

나는 파스텔 블루에 프릴이 잔뜩 달린 논 와이어 브래지

어. 이거 논 와이어지만 계곡도 적당히 만들어 줘서, 무심코 만지고 싶어지는 머시멜로 가슴이 완성되는 훌륭한 물건이에요.

"그보다 미히로. 역시 가슴 엄청, 크구나……!"

"G컵인걸. 자랑스럽기도 하지만, 고민거리기도 하단 말이지—."

"좋겠다좋겠다! 살짝 만져 봐도 될까요?"

한바탕 미히로 선배와 쿄카 선배와, 메르피크 브래지어에 대해서 뜨겁게 이야기하거나 서로 가슴을 만져보거나. 아, 즐거워라. 술도 맛있고, 방도 호화롭고.

그러다가 침대 옆으로 시선을 향했더니 렌털 코스튬 카탈로그가.

카탈로그에는 교복부터 메이드복, 승무원, 간호사 등등 각양각색.

"쿄카 선배, 미히로 선배. 셋이서 코스프레에 도전해 보지 않을래요?"

"오. 나기사 제대로 흥이 올랐구나~♪ 오케이!"

"모처럼의 여자 모임이니까, 해버릴까. 아무리 그래도 네 글리제나 학교 수영복은 부끄러우니까 안 되지만 말이지?"

"만세♪ 그럼 셋이서 옷 맞춰 봐요—♪"

반복합니다, 저희 무척 취했습니다.

※ ※ ※

그리고 각양각색의 교복을 각자 선보였다.

"아하하! 쿄카 선배, 진짜 그냥 여고생으로만 보여."

"미히로 너무 웃잖아. 그리고 넌 너무 과격해. 고교 시절을 그런 식으로 보냈어?"

쿄카 선배는 청초함이 감도는 검은 블레이저와 스커트. 드라마 등에서 자주 보는 THE 교복 같은 분위기로, 늘씬한 모델 체형인 쿄카 선배에게는 무척 어울렸다. 정말 미히로 선배의 말대로, 현역 여고생이라고 해도 충분히 통한다.

반면에 미히로 선배는 파란 리본이 악센트인 세일러복에 감색 미니스커트. 가슴이 큰 미히로 선배가 입으니 금세 성인 대상 비디오의 향기가 감도는 것은 어째서일까.

"맞아요, 미히로 선배. 그 색기는 문제가 있어요"

"그런 소리를 하면서, 나기사, 네가 제일 교복이 어울리거든. 엄청 아가씨 학교에 있을 것 같아!"

"아. 그거 완전 알겠어! 우와~ ♪ 엄청 귀여워~!"

"에헤헤……. 기쁘지만, 역시 좀 부끄럽네요."

내가 입은 교복은 원피스 타입. 러브호텔 특유의 커다란 거울로 봤더니 확실히 와 닿는다고 할까, 여중생 시절의 자신과 크게 다르지 않다고 할까.

어라, 그거 좋은 일인가? 응, 좋은 일이라고 해두자!

"위험해, 완전 신나. 있지있지, 이거 사진 찍어서 카자마한테 보내 버리자."

"와, 미히로 선배. 그거 최고로 좋은 아이디어예요."

"정말―, 둘 다. 카자마 군도 곤란하겠지~."

그러면서도 스마트폰을 꺼내는 쿄카 선배.

이예~이♪ 하고 신이 나서 촬영 완료.

자, 그럼 송신.

마사토 선배, 어떤 표정을 지을까?

※ ※ ※

"후우……. 오늘도 잔뜩 먹여 댔지……."

역에서 집까지 돌아가는 길. 취한 몸에 밤바람이 마침 기분 좋았다.

우리 회사의 여성진은 왜 이렇게나 술꾼이 많을까.

뭐, 급료도 낮고 일도 빡빡한 사축의 유일한 스트레스 발산은, 동료와 즐겁게 마시는 술이라는 건 알겠지만.

집인 아파트에 도착해서는 가방에서 열쇠를 꺼냈다. 겸사겸사 스마트폰도 체크했더니, 메시지 착신 이력이.

"응? 이나미가 보냈나?"

취해서 글자가 흐릿하니까 눈에 힘을 주며 읽었다.

"으~~음, 어디어디……. 이렇게나 귀여운 JK 셋이랑 호텔에서 보내지 않아도 괜찮나요……라고?"

허? 대체 무슨 귀여운 JK 셋이냐고.

그렇게 생각하는데, 사진도 하나 와 있었다.

"허어어어어어?!"

설령 이상한 사람 취급을 당할지라도, 복도에서 목소리가 거칠어지고 말았다.

원피스 타입의 이나미, 블레이저 타입의 스즈모리 선배, 세일러 타입의 이나바.

그런 교복을 입은 JK 세 사람이 널찍한 침대 위에서 브이를 그리고 있으니까.

나는 취했다.

취했기에, 그만 실수로 사진을 저장해 버렸다.

6화: 야하고 귀여운 동기가 매번 유혹한다?

신입 연수.

일반적으로 신입 사원이나 새로 들어온 경력직 채용자를 대상으로 진행하는 연수를 말한다.

기본적인 비즈니스 스킬이나 일반상식을 익힌다.

한 번으로 끝나기도 하고 여러 번에 걸쳐서 진행하기도 하겠지. 대부분 연수 끝에는 동기들끼리 회사의 불만을 나누는 게 기대된다든지 그러겠지.

※ ※ ※

시간을 거슬러 올라가서, 내가 사회인 1년차 때 이야기.

계절은 여름이었나 가을이었나, 대략 그 정도.

대기업이고 대량 채용하는 회사라면 직장에서 연수하는 일도 많다. 하지만 내가 다니는 작은 회사라면 연수 센터에 가서 연수를 받는 일도 많다.

이른바 OFF-JT, 집합 연수라는 녀석이다. 대규모 시설에서 다양한 회사의 신인들이 일제히 모여 강사의 지도 아래, 명찰 주는 방법이나 인사 방법, 프레임워크 따위를 소화한다든지.

매뉴얼 그대로라고는 해도 신입 1년차에게는 미지의 영역. 연수가 끝날 무렵에는 기진맥진했다.

"아~, 연수 지겨웠어~……."

연수 센터에서 나와서 크게 기지개를 켜자, 가라앉은 서쪽 해가 스며드네, 스며들어.

뭐가 재미있다고 매주 토요일이 세 번이나 사라져야 하는 거냐. 덤으로 숙제까지 나오니까 '완전 주5일제라더니 사기잖냐—'라며 투덜대고 싶어지기도 한다.

"카자마 수고—."

"어. 수고했어."

기다리던 인물, 동기 이나바가 내게 말을 걸었다.

아무리 이나바라도 연수인 만큼, 오늘은 면접용 정장을 입고 있었다.

그럼에도 불구하고 주변의 여자들보다 세련되게 보이는 것은 봉긋, 잘록, 봉긋한 그라비아 체형의 소유자라서 그럴까. 혹은 혼혈이라고 해도 믿을 정도로 이목구비가 또렷하니 단정해서 그럴까.

새삼스럽게 생각했다. 미인이라고.

"뭔데뭔데? 날 빤히 쳐다보다니 왜 그래? 좋아하게 되어 버렸어?"

"너한테 단아한 성격이 갖추어져 있었다면 완벽했을 텐데 말이지.”

“노노노. 완벽하지 않은 여자가 더 애교가 있어서 귀여운 법이야.”

저렇게 말하니 이렇게 말한다.

뭐, 서로 민감하게 구는 부분이 없는 만큼, 툭툭 말다툼을 벌일 수 있는 사이라는 건 의외로 마음 편하구나.

연수가 끝나면 이나바와 함께 맥도날드에 가는 것이 습관이 되어 있었다.

주문하고 자리에 앉아서 일단 콜라를 마신다. 피로가 확 몰려드는 기분이라 한숨이 나왔다. 이것 참, 사회인, 이거 지치네.

“대기업 연수는 하루에 백 건씩 전화 돌리기도 한다더라.”

“진짜냐……. 그러다가는 스트레스 받아서 머리 벗겨지겠어.”

절대로 무리.

“그보다 너도 큰일이네. 디자이너 직종인데도 영업 중심의 연수에 참가시키니까.”

‘뭐— 그러게—’라며 테이블에 엎드리는 이나바. 감추지 않고 크게 하품까지 하니까, 완전히 피곤에 찌든 모드인 듯했다.

본래라면 나랑 또 하나의 동기, 아다치가 참가할 예정이었지만 입사하자마자 퇴사해 버린 것이었다.

그 결과, 돈이 아깝다는 이유로 급히 이나바가 참가하게 되어서.

아다치의 퇴사로 원래도 그렇게 많지 않던 우리 기수 신입은 이나바와 나, 단둘.

이 회사, 괜찮을까…….

"아다치 녀석, 스즈모리 선배한테 '그만두겠습니다'라고 LINE으로 보냈다더라. 스즈모리 선배도 깜짝 놀랐어."

"MIRA 씨한테 말이지."

"너, 선배 앞에서 툭 흘렸다가는 살해당할 거라고……?"

'아하하! 그러네, 위험하겠네' 하더니 웃으면서 딸기 셰이크 뚜껑을 열고, 감자튀김을 집어넣었다가 그대로 덥석.

"갸루같이 먹네."

"꽤 좋아하거든—. 카자마도 해봐."

감자튀김을 이나바의 셰이크로. 서늘한 셰이크가 감자튀김의 소금기가 더해져서, 달콤짭짤해서 맛있었다.

"어때? 맛있지?"

'어' 하고 말하며 콜라를 한 모금.

"비밀의 맛, 간접 키스가 통했을까?"

"푸혁……!"

"카자마 더러워!"

"네가 쓸데없는 소릴 하니까 그렇잖아—!"

이 녀석의 이런 가벼운 분위기에 아직도 익숙해지지가 않는단 말이지……. 그냥 인싸랑도 다르게, 뭐라고 할까, 아저씨 같다고 할까.

그런 소리를 했다가는 콧구멍에 감자튀김을 쑤셔 넣을 것 같지만.

※ ※ ※

맥도날드를 나오니 하늘은 살짝 어두운 저녁놀.

"자, 회사로 돌아갈까."

이대로 집으로 돌아가고 싶은 마음은 굴뚝같지만 연수 종료 보고를 하러 가야만 한다.

"저기, 카자마. 오락실 들렀다 가지 않을래?"

"……허?"

"뭐, 어때. 오랜만에 스트레스를 발산하고 싶으니까."

"그래 봐야 회사 가는 걸 생각하면 30분 정도라고?"

"충분하잖아. 아니면,"

"응? 아니면?"

"러브호텔 숏타임으로 샥 하고 기분 좋은 거 할래?"

"…………뭐?!"

이힛, 하얀 이를 드러내고 양쪽 가슴을 아래쪽에서 퍼 올리는 이나바. 이 녀석한테는 수치심이라는 게 없는 것인가,

자기가 보여 주는 게 익숙한 것인가.

완전히 놀려 먹고 있잖아……!

"너, 넌 남친 있잖아! 나를 희롱하지 마!"

"아~. 나, 헤어졌는데―."

"어."

그렇게나 간단히.

그리고 이어서, 이나바가 내게 얼굴을 가져다 댔다.

그리고 가학심과 에로스 가득하게 속삭이는 것이었다.

"평소에는 흘끗흘끗 볼 수밖에 없는, 내 가슴을 마음대로 할 수 있는 찬스라고?"

"~~~~윽! 그러니까! 동기를 놀리지 말라고!"

"아하하! 나로서는 어느 쪽이라도 상관은 없는데, 어떻게 할래?"

"어, 어느 쪽이든 상관없다니."

"참고로 짧은 시간이라도 꽤 자신 있다고?"

귓가에 속삭이니 무심코 가슴께를 보고 말았다.

남친이랑 헤어졌다. 본인이 OK라고 한다.

이거, 어택 찬스……? 차려진 밥상을 먹지 않는다니 남자의 수치……?

"~~~윽! 알았다고! 갈게!"

※ ※ ※

우리가 향한 곳은 러브호텔.

——일 리가 없지. 오락실이었다.

그야 그렇지. 입사 1년차인 동기와 러브호텔에서 그 짓이라니, 그런 근성이 있을 리가 없다. 가슴을 잔뜩 만질 수 있더라도 말이다.

오사카 역에서 동쪽으로 도보 10분 정도 걸으면 있는 커다란 오락실은, 저녁시간 정도 되면 학생이나 가족 손님들로 시끌벅적하다.

1층은 인형뽑기류 게임, 2층은 대전격투나 리듬 게임, 슈팅 같은 장르의 아케이드 게임. 3층에는 거대 디스플레이 경마 게임이 있거나, 메달 게임이.

나도 학창시절, 몇 번인가 신세를 진 적이 있는 가게로, 만 하루를 보내도 질릴 일은 없지 않을까.

아무리 그래도 정장차림의 용사는 나와 이나바 정도.

나는 게임을 좋아하니까 현실과 동떨어진 느낌의 떠들썩한 소리나 번쩍번쩍하는 네온도 싫지 않다. 홈인지 어웨이인지를 따지자면 전자라고 생각한다.

……그렇게 생각하고 있었다.

"뭐어?! 나도 스티커 사진 찍는 거야?"

"당연히 같이 찍어야지. 나 혼자 찍어 봐야 의미 없잖아."

예상치도 못한 스티커 사진.

리얼충이라면 스티커 사진도 찍을 테지만, 애석하게도 나는 도처에 굴러다니는 학생이었던 만큼, 스티커 사진 따위는 살면서 손에 꼽을 정도밖에 경험이 없다.

대학교 2학년 무렵, 친구 녀석들과 만취한 기세로 오락실 스티커 사진기에서 찰칵한 정도밖에 기억에 없었다.

'들어와 들어와'라며 이나바가 손을 잡아당기는 통에 입구의 막을 지나갔다.

신기했다. 술집의 포렴이나 촬영장의 천을 넘어서는 건 아무것도 아닌데. 스티커 사진기는 긴장감이 압승이었다.

"커플 모드 좋네~."

"어째서?! 그보다도, 왜 그 모드야?!"

"이런 건 분위기가 중요하잖아. 그렇지, 마·사·토♪"

"여친처럼 굴지 마…….."

이 녀석, 날 좋아하나……?

이나바는 익숙한 손놀림으로 패널을 조작해서 배경 프레임이니, 눈 크기니 다리 두께니, 그런 것들을 순식간에 설정했다. 다리 두께 설정이라니 뭐냐고.

드디어 촬영이 스타트.

스티커 사진이라면 증명사진이나 마찬가지로 가만히 있으면 그만이라고 생각했는데, 이나바가 커플 모드로 해서 그런지 '손을 잡아요'라든지 '끌어안아요' 등등 기계가 포즈를 마구 지시했다. 격투 게임에서도 기계를 내리친 적이 없는데,

처음으로 기계를 두들기고 싶다는 충동에 사로잡혔다.

"자, 마사토! 빨리 뒤에서 끌어안아."

"허?!"

끝내는.

"아, 키스래."

"키스?! 할 수 있겠냐?!"

"어~? 마사토는 정말로 겁쟁이구나."

"미히로 씨…… 제발 좀 봐주세요……."

최근의 스티커 사진, 자극이 너무 강하잖아.

인간인 나보다 잘 노는 거 아냐ㅡ…….

이런저런 의미에서 첫 체험이었던 스티커 사진 촬영을 마치고 다음은 메달 게임으로.

커다란 메달 게임기를 플레이하며 이나바와 나란히 스티커 사진을 봤다.

커플 모드는 물론 끝난 관계로.

"아하하하하! 카자마 웃는 거 엄청 서툴잖아! 동정 느낌이 어마어마해!"

"도, 동정 같은 말 하지 마! 정말로 동정이었다면 진심으로 울었다고!"

안 울었으니까ㅡ. 진짜로.

어금니를 꽉 깨물며 혼신의 저주를 담은 메달을 여러 개 투입구에 넣자, 데굴데굴 암을 따라서 떨어졌다.

“나, 이런 커다란 메달 게임은 처음이야.”

이나바는 스티커 사진에는 익숙하지만 메달 게임은 말 그대로 초보인 듯했다.

메달 투입 타이밍이 나빠서 그저 기계로 빨려 들어갈 뿐.

“어—어—. 잡아당기는 타이밍에 메달을 넣으라고. 그래, 지금.”

“오, 들어갔다♪ 뭔가 중앙에 빛나던 곳에 들어갔는데, 뭔가 의미 있어?”

“거기에 넣으면, 봐. 슬롯이 1회분 돌아가기 시작했어.”

‘호~’라고 하며 이나바는 조언대로 타이밍 좋게 중앙 부분을 노려 코인을 투입했다.

한두 시간 정도만 있다면 조금 더 타이밍을 노릴 수 있겠다고 생각했다.

하지만 애석하게도 우리에게는 시간이 없었다.

“있잖아.”

“응—?”

“남친이랑 헤어졌다고 그랬는데.”

어~ 하고 대답하는 이나바. 날 보지 않고 메달 게임에 계속 집중했다.

반응을 봐서는 묻지 않는 편이 나았나?

하지만 이 녀석의 옆얼굴이, 어쩐지 누군가에게 이야기를 들어달라고 그러는 것처럼 보였다.

역시 착각이 아니었나 보다.

"우리 회사는, 꽤나 블랙이잖아?"

"1년차에 벌써 인정하고 싶진 않지만 뭐, 그렇지."

니히히, 이나바는 입가를 끌어올렸다.

"전 남친네 회사, 화이트까지는 아니지만 정시에 퇴근할 수 있는 모양이라서. 항상 '만나자'라고 그러더라. 내 사정 같은 건 신경도 안 쓰고 말이지—."

"애석하게도 우리 회사를 다니면 물리적으로 불가능하단 말이지."

"그렇지!"

크게 끄덕인 이나바는 간신히 내 쪽을 돌아봐 주었다.

풀이 죽은 것은 아니었다.

그저 답답하다는 불평을 들어줬으면 하는 것처럼 보였다.

"게다가 있지—. 휴일에는 반드시 데이트를 해야 한다니, 너무 속박하는 거 아냐? 막차 아슬아슬하게 돌아간 다음 날에는 당연히 자고 싶잖아."

"엄청 알겠어. 자기만의 시간도 필요하고, 잔업 다음의 휴일은 저녁 즈음까지 세 번 정도는 자고 싶지."

"그렇다니까! 엄청 알 것 같아!"

이나바는 깔깔 웃으며 메달 게임을 재개했다.

"너, 잘도 그렇게나 성격 안 맞는 남자랑 사귀었구나."

"'사회인이 되었으니까 슬슬 정신을 차릴까—' 같은 느낌으로 사귀어 버렸으니까 말이지―."

"가벼워!"

"아무리 나라도 이번에는 대반성 중입니다요. 분위기랑 기세로 결정할 타이밍이 아니었구나 하고, 제대로 통감했다고."

"뭐, 자기 나름대로 문제도 알았고, 그에 반성했다면 괜찮지 않나?"

'오―. 카자마도 괜찮은 말 할 줄 알잖아'라고 이나바는 싱글싱글할 때였다.

"어, 저거 봐 카자마! 잭팟이래!"

"어?!"

어느새? 슬롯이 빙고가 되었고, 게다가 게임이 상부에 있는 거대한 룰렛이 멋지게 지정된 숫자에 들어가 있지 않나.

상부를 달리는 열차가 우리 쪽에 멈추더니, 광차에 실린 대량의 코인이 와르르! 단숨에 쏟아져 내렸다. 열 량 편성인 만큼 ×10이었다.

"와, 쩔어! 메달 엄청 나왔잖아!"

"나도 처음이야……. 그보다! 이렇게나 메달이 있어 봐야 시간 내에 못 쓰니까!"

시간을 확인했더니 농땡이 부릴 수 있는 시간도 얼마 안 남았다.

"자, 이나바! 타이밍은 아무래도 상관없으니까, 일단 메달을 넣어!”

“어~. 조금 전까지 타이밍이 중요하다고 그런 주제에.”

둘이서 나온 메달을 그야말로 낭비하며 넣는다는, 영문 모를 행위를 했다.

이렇게 시간이 없을 때에만 당첨이 나온단 말이지. 시간이 남아돌 때는 아무 일도 안 벌어지면서.

메달 돌려놓는 작업을 마치고 서둘러서 화장실로.

그리고 손을 씻으며 생각했다.

이럴 때, 동기에게 무슨 말을 건네면 좋을까.

언뜻 보기에 이나바는 이미 개운한 것처럼도 보이고, 나도 어찌어찌 조언을 한 것 같기도 했다. 잭팟이 타이밍 좋게 찾아와서 대단원이라는 느낌도 있었다.

하지만 뭔가 형편주의라고 할까, 싫증이 난 느낌이라고 할까.

거울에 비치는, 평소 이상으로 눈매가 사나운 남자를 보고 중얼거렸다.

“여심이란 어렵다고 할까, 모르겠단 말이지.”

생각할 시간도 없으니까 일단 오락실을 나갈 수밖에 없다.

출입구에서 기다리는 이나바 곁으로 총총히 향했다.

“이나바, 기다렸——,”

그만 어안이 벙벙했다.

"너, 너 진짜냐……."

그도 그럴 터. 이나바가 무지막지하게 커다란 곰 인형을 들고 있었으니까.

갓난아기 사이즈는커녕 다섯 살 아이 정도의 크기인데.

이나바는 이나바대로 태평했다.

"굉장하지 않아?! 나, 500엔으로 GET해 버렸는데!"

"저기……. 이나바."

"응? 왜 그래?"

"이 무식하게도 커다란 인형을, 회사에 어떻게 가져갈 생각이야……?"

"…………. 에헷♪"

태워 버린다는 선택지를 제안할 뻔했지만 역시나 그건 참았다.

※ ※ ※

"카자마, 지금 어때?"

"어, 어어. 아무도 없으니까 괜찮아."

자기 회사에 돌아와서는 살금살금.

다행히 토요일 밤이기도 해서 사무실은 무척 조용.

그동안에 휴게실로 잠입 성공.

아무리 그래도 연수 마치고서 오락실 다녀왔다고 솔직하

게 보고할 수 있을 리도 없으니까, 이나바의 전리품인 인형은 누구에게도 들키지 않도록 어딘가에 넣어버리자.

그런, 어차피 신입 1년차인 나와 이나바가 생각한 얕은 지혜였다.

"젠장…… 들켰다간, 우리 끝이라고."

"그러니까 안 들키게 몰래 왔잖아."

다투어봐야 헛수고, 사태는 일각을 다툰다.

"좋아, 이제 됐나, 청소 도구 로커에 처넣어!"

"에엥~. 기껏 땄는데 청소 로커에 넣었다가는 먼지투성이가 되어버리잖아."

"사치스러운 소리 말고! 여기 말고는 숨길 수 있을 법한 장소가 없잖아!"

입씨름할 때가 아닌데도 이나바가 고집을 부렸다.

그때, 달칵.

"이런!!"

그러면서 이나바가 손을 잡아당긴 것은, 눈앞에 있던 청소 로커.

나까지 로커에 처박혔다.

"우리가 로커에 들어갈 필요가 있냐고!"

어스름한 가운데, 작게 클레임을 넣었지만 '에헷♪' 하고 이나바는 혀를 내밀 뿐.

정면과 정면. 로커의 한 칸에 이나바랑 단둘.

숨결과 숨결이 닿을 정도, 무엇보다 이나바의 가슴이 여봐란 듯이 잔뜩 밀착했다.

그 감촉에 의식이 집중되지 않도록 바깥의 기척에 귀를 기울였다.

"응……, 있지. 뭔가…… 이건 위험할지도."

"엉?"

"이 상황 말이지, 두근두근하지 않아?"

속삭이는 목소리가 귀를 간질였다.

"내 가슴, 닿고 있잖아."

"……노코멘트."

"카자마의…… 그것도, ……닿고 있지?"

"새, 생리 현상이니까 노코멘트!"

이건 위험하다. 정말로 위험하다. 한시라도 빨리 나가야만 한다고 생각했을 때.

"어라? 그러고 보니 내 인형은?"

"……아."

캄캄한 가운데 이나바와 얼굴을 마주 본 순간, 로커의 문이 열렸다.

"으어?!" "꺄."

"둘 다, 이건 무슨 일일까……?"

"“…….”"

그곳에는 거대 곰의 목덜미를 붙잡은 스즈모리 선배가 있었다.

뭘까……. 먹이사슬 피라미드의 최하층에 있는 기분이 들고 마는 것은.

"죄송함다……."

이후에 잔뜩 잔소리를 들은 것은 말할 필요도 없다.

※ ※ ※

그리고 역을 향해 돌아가는 길.

"나까지 이나바 때문에 혼났잖아—!"

"아하하하! 진심 잔뜩 웃었어. 좋은 추억이 생겼네~♪"

그렇게 생각하면 인형은 네가 들라고. 남들의 시선이 죽을 만큼 부끄러우니까.

스즈모리 선배한테 '바보! 연수가 끝났다면 바로 돌아와!'라며 잔뜩 질책을 당했지만, 휴일 출근이기도 해서 상사에게 보고는 없이 넘어가주었다. 이러니저러니 해도 다정한 선배였다.

"아~. 오랜만에 두근두근했어~."

인기척 없는 가로등 아래. 크게 기지개를 켜는 이나바에게 말을 건네고 말았다.

"있잖아."

"응?"

“그게 말이지. 기운 났다면, 좀 더 열심히 일해 보자고.”

나는 계속 말했다.

“네가 없으면 같이 혼날 녀석이 없어지잖아.”

“──어.”

“그러니까! 그게……, 동기가 아무도 없으면 심심하니까. 회사 그만두지 말라는 거야.”

이나바는 어리둥절해 하다가.

“아니아니아니. 나, 연애를 이유로 딱히 회사를 그만두진 않으니까.”

“저, 정말이야?”

“나, 노는 것도 좋아하지만, 일은 일대로 또 좋아하니까. 그보다, 그렇게 헤어졌다는 이유만으로 ‘이 녀석 그만둘지도?’라고 여겨지는 게 더 유감인데요?”

거리를 확 좁히고 뾰로통한 눈빛으로 올려다보니 그만 식은땀이 났다.

“윽. 미, 미안해.”

뾰로통한 눈빛에서 돌변. 이나바가 히죽 짓궂게 입가를 끌어올렸다.

“뭐, 그래도 프리가 되었으니까 카자마를 맛이라도 봐볼까 생각한 건 사실이지만.”

“……허어?!”

아하하하하! 대폭소하는 이나바는 진심으로 하는 말인

지, 놀리는 것인지 알 수 없었다.

알 수는 없지만, 역시나 달콤한 유혹에 넘어가지 않아서 다행이라고 진심으로 생각했다.

나와 이나바는 앞으로도 틀림없이 동기로서 절차탁마하며 일할 테니까.

"역시, 한동안 남친은 됐어! 잔뜩 놀 거라고—!"

"이것 참……. 적당히 해둬."

이예—이! 하고 기운차게 손을 드는 이나바는 어딘가 상쾌해진 것 같아서, 이미 밤인데도 오늘 중 가장 밝은 분위기였다.

"그러니까 카자마, 지금부터 나랑 불장난할래?"

"하겠냐! 그런 걸 하다가 혼기 놓쳐도 난 모르니까."

"그때는 그때잖아. 너도 남더러 뭐라 할 수도 없을 테고."

"윽……."

"그때는 남은 사람들끼리 친하게 지내자고?"

"~~~! 그러니까 그런 농담, 익숙하지 않으니까 제발 그만해!"

"아하하하!"

"그럼 지금부터, 한 잔 하러 갈까."

"이 무식하게 커다란 인형을 들고?"

"어~. 그럼 역시 호텔로 할래?"

"술집으로!"

동기인 이 녀석과 이렇게 말씨름을 할 수 있다면 뭐, 사축 생활도 나쁘지 않으……려나?

7화: 직장인이라면 승부 복장을 입어야 하도다

충격의 야한 사진—— 이 아니라, 보물 같은 사진을 여자들에게서 받은 다음 주 오후.

점심으로 먹은 햄버그 도시락의 소화에 모든 신경을 쏟느라 꾸벅꾸벅하고 있었더니.

"마사토 선배. 마사토 선배!"

"으엉?!"

이나미가 갑자기 컴퓨터 의자가 대이동할 정도의 특대 허그를 했다.

"메르피크에서 미팅 허가를 받았어요!"

"오, 오오! 진짜냐!"

"정말이지 어쩌죠~♪"

그러는 이나미는 만면의 미소. 아이돌 그룹의 행사 티켓이라도 당첨된 것 같은 기세구나.

물론 이나미가 열심히 한 것을 아는 몸으로서는 기쁘다.

이나미와 내가 진행하는 신 프로젝트 쪽은 모두 순조로워서, 이제까지처럼 무작위로 영업하는 기존의 방법과 비교하면 무척 성공률이 높았다. 거래가 결정된 회사도 나올 정도였다.

성공률을 높이는 가장 큰 요인은 역시나 이나미겠지.

애당초 광고 영업 경험이 없는 이나미라도 계약을 딸 수 있도록 하고자, 클라이언트는 이나미가 잘 아는 분야를 모았다. 그렇다고는 해도 이렇게나 성공하는 것은, 잘 아는 분야일 뿐만이 아니라 이 녀석의 노력과 의욕이 있었기에.

정말로 이나미는 일할 줄 아는 후배다.

취했을 때에 투덜대거나 응석을 부리는 게 옥의 티지만.

"당일은 반드시 승부 속옷으로 임해야겠네요~♪"

"바보. 딱히 보여 줄 것도 아니니까 뭐든 상관없잖아…….'

기합을 넣는 이나미 옆에서 스즈모리 선배가 얼굴을 내밀었다.

"거래처 사람도 제대로 자사 상품을 알아 주는 쪽이 기쁘겠지. 그러니까 눈에 보이지 않더라도 착용하고 가는 편이 대화는 잘 풀릴지도?"

"허어. 그런 걸까요."

'그런 거야'라고 전직 카리스마 모델인 상사가 말하니 올바른 말로 느껴졌다. 승부 팬티는 보이기 위한 게 아니라 기합을 넣기 위해서 입는 사람도 많다고 들었으니까.

이야기를 맞은편 자리에서 듣고 있던 이나바도 여성진의 아군인 듯했다.

"그렇다고 하면 말이지. 메르피크에 미팅하러 가는 날에는 카자마도 란제리를 입고 가면 되잖아."

"어?"

"……풉, 크크크……! '사실은 저도 메르피크 애용자입니다. 짜자잔' 하고."

"상대가 기겁하는 미래밖에 안 보여!"

보이지 않더라도 같은 소리를 해놓고 완전히 내보이고 있잖아. 애당초 짜자잔은 또 뭐냐고.

나, 벗으면 쩐다고——……! 하고 위축된 그것——이 아니라, 기분으로 듣고 있었더니,

"좋네요! 분위기를 푸는 용도로는 괜찮다고 생각해요! 마사토 선배, 이판사판 작전이에요."

"완전 하이 리스크, 노 리턴이야……. 계약 전에 신고당하겠다!"

성희롱 동기 아저씨랑 엉뚱한 후배에게 이야기는 통하지 않는다.

최후의 오아시스, 스즈모리 선배에게 의지하려고 했다.

——하지만,

"카자마 군의 란제리차림……. 후훗!"

"……선배. 당신까지 웃어 버리면 끝이에요……."

진짜 속옷을 입고 미팅에 가서 엉망으로 만들어 줄까.

그런 근성은 없지만…….

※ ※ ※

내가 당일에는 변태가 되지 않아도 되겠지.

거듭 말하지만, 그만큼 신 기획은 절호조.

오늘도 영업으로 얻은 몇 건인가의 회사에 이나미와 미팅을 갔는데, 어느 곳이든 대답은 시원시원했다. 이전의 미팅같이 문전박대를 당하거나, 이나미를 노리고 만나려는 악질적인 녀석도 확 줄었다.

역시나 이나미도 자신을 가지고 말할 수 있다는 게 크다고 생각한다.

부동산이나 건축 사무소 같은 회사에 제안한다면 아무래도 집을 사거나 리모델링한 경험도 없으니까 자신을 가지고서 '우리 광고 회사와 계약하면 많은 손님이 집을 사줍니다'라고 말할 수야 없다. 나로서도 무리다.

하지만 젊은 여자를 타깃으로 하는 회사라면 '저도 이 상품을 갖고 있어요. 이렇게나 좋은 아이템이니까 미디어에 노출하지 않는 건 아까워요!'라고 굉장한 설득력이 있는, 자신감이 담긴 말을 신입 사원인 이나미도 할 수 있다.

거래처 사람도 이나미같이 귀여운 여자가 자사 상품에 대해서 뜨겁게 이야기하면 '한번 광고를 해볼까' 하고 흥미도 가져준다.

광고의 전문적인 지식은 아직 공부 중인 몸이지만, 그런 전문적인 이야기는 내가 하면 된다. 스즈모리 선배는 그런 부분도 고려해서 나와 이나미를 팀으로 짰을지도 모르겠네.

그런 느낌으로 두 건이나 계약을 따낼 수 있었던 영업 후 돌아가는 길.

"에헤헤♪ 저희, 최강의 커플이네요~♪"

"콤비겠지."

"최강인 건 인정하는군요?"

이 녀석, 언변이 점점 능숙해지는 것 같다.

"뭐, 지금은 내 힘이 필요할지도 모르겠지만, 장래에는 전문 지식도 갖추고 너 혼자서도 미팅을 할 수 있게 될 거야."

"어~. 그러면 지금 이대로가 좋아요."

"바보냐."

이나미도 농담이겠지. 그렇기에 쿡쿡 웃었다.

"오늘은 두 건이나 계약을 땄네요. 그렇다는 건, 축하가 필요하겠죠?"

"너, 지난주에도 잔뜩 마셨는데 또 마시자는 거냐고……."

"저, 과거에 사로잡히지 않는 아방가르드한 여자를 목표로 하고 있으니까요!"

"말은 하기 나름이구나."

잔소리를 하며 지갑 안에 얼마나 들어 있는지 떠올리려고 하는 스스로가 슬프다.

유키치(만엔권)는커녕 히구치(오천엔권)조차 들어 있지 않은 빈털터리 지갑임을 깨닫고.

“편의점 들러도 될까?”

“아. 돈이 핀치라면 오늘은 제가 쏠게요.”

“선배를 너무 배려하진 마. 그보다, 위로해 주겠다면 내 지갑이 아니라 간한테 해줘.”

“어. 마사토 선배의 간을 위로한다……? 헉! 그, 그건 ‘나 기사. 날 위해 매일 아침, 재첩 된장국을 만들어 줘’라는 마사토 선배 나름대로의 프러포즈인 건가요?! 아, 알겠어요 지금 당장 시청에──,”

“지금 당장 병원에 가라, 멍청아!”

나는 간, 이나미는 뇌를 위로할 필요 있음.

태평한 이나미가 아, 하고 입을 열었다.

편의점에 들어가기 직전. 이나미의 시선 앞에는 벤치에 모여 있는 고등학생들이.

딱히 불량한 소년들도 아니었다. 편의점에서 산 주스나 치킨을 들고서 그저 즐겁게 잡담을 나누고 있을 뿐이었다.

“응? 쟤들이 어쨌는데.”

이나미는 내 물음에 간신히 정신을 차렸는지,

“아……. 하하하. ‘부럽구나’ 싶어져 버려서…….”

“부러워? 뭐가?”

“저, 고등학교 때, 저렇게 지낸 적이 없었으니까요.”

‘엄청 과거에 사로잡혀 있잖아’ 싶어 어이없어 했지만,

“뭐, 여자는 저렇게 모일 일은 거의 없지.”

"으—음……. 딱히 여자라서 그랬던 건 아니지만요."

"???"

그게 뭐야. 잘 모르겠다. 이나미의 말은 의미불명이었지만, 이나미의 표정은 무언가 말하고 싶다는 느낌이다. 하지만 내가 그곳으로 발길을 들여도 되는지는 다른 문제.

이나미는 오버스러울 정도로 붕붕 양손을 내젓고 허둥지둥했다.

"그래봐야 딱히 대단한 일도 아니에요. 우리 부모님이 엄했다는 것뿐인 이야기라서. 저, 편의점은 고3 마쳤을 정도까지 들어간 적도 없었으니까……."

"호오, 그런가. 고3 마칠 때까지……, 뭐?! 지, 진짜냐!"

"진짜예요. 뭐, 조금 과보호를 받던 딸이었다고 할까."

이나미가 비교적 좋은 가정에서 자랐다는 것은 어찌어찌 예상하고 있었지만, 그 정도까지였나 하고 평범하게 놀랐다. 한순간 말문이 막혀 버렸을 정도였다.

진짜냐. 편의점은 초등학생이라도 들어갈 수 있다고 생각했다. 모르는 세계도 있는 법이었다.

입을 다물고 있었더니 이나미가 겸연쩍은 표정을 지었다.

"아, 뭔가 숙연해져 버렸나요? 죄송해요."

"아니. 숙연해졌다고 할까, 심플하게 놀란 것뿐이니까 사과하지 마."

바보, 내 반응을 보고 억지로 미소를 지으려 하지 말라고.

조금 전까지 계약을 따내서 신이 난 표정이던 이나미가 갑자기 멀어진 느낌을 받고 말았다.

그렇기에 바로 말이 나오고 다리가 움직였다.

"잠깐만 기다려."

"예?"

그 자리에 이나미를 남기고 나는 서둘러서 편의점으로.

구매 시간, 실로 3분.

돌아온 나는 사온 물건 두 개 중에 하나를 이나미에게 건넸다.

"자. 뜨거우니까 조심해."

"??? 부타멘*?"

그래, 이니미에게 선물한 것은 우리 서민의 동료, 부타멘.

'돈 없으니까 부타멘으로 봐주세요'라는 것은 물론 아니었다.

"조금 시간 있으니까 여기서 먹고 가자고."

"! 괘, 괜찮나요?"

"부장도 담배 핀다며 툭하면 쉰다고. 우리도 부타멘으로 좀 쉬어도 되겠지."

그러면서 편의점 앞의 빈 공간으로 이동, 벽에 기댔다.

"자. 우물쭈물하다가는 면이 불 거야."

아무리 아가씨일지라도 부타멘의 유혹에는 이길 수 있을 리가 없으니.

---

* 일본의 컵라면으로 무척 작고 싸다. 과자처럼 먹기도 한다.

"와아. 편의점에서 놀다 간다♪"

이런 일로 기뻐하는 녀석은 너 정도라고.

그리고 옆으로 온 이나미와 잠시 휴식 타임.

"이나미는 고등학생 때는 아가씨 학교 같은 데 다녔어?"

"으~음. 어떨까요."

조금 전부터 이나미치고는 말이 애매했다. 말하고 싶지 않은 과거라도 있나. 물론 누구에게나 말하고 싶지 않은 일은 있겠지만, 고등학교 시절의 이야기는 이나미에게 특히나 터부인 것 같네.

이 이상 물어보는 것도 매너 위반. 나는 묵묵히 부타멘 국물을 마셨다.

응. 이 싸구려 같은 맛은 그리우면서, 심플하게 맛있다.

이나미의 입에도 맞는 모양이라 다행이다. 후하후하 불며, 플라스틱 포크로 면을 먹었다. 그대로 국물을 한 모금 마시고는 만족스럽게 황홀한 표정으로 입가를 끌어올렸다.

"크하아~♪ 저, 이제까지 먹은 라면 중에, 이 부타멘이 제일 맛있어요♪"

"확실히 맛있지? 뭐 그래도 80엔 정도니까 말이지……?"

"가격은 저렴할지도 모르지만, 마사토 선배의 다정함이 이 국물에 녹아 있으니까요—. 마사토 즙 배합이에요."

"그 즙은 또 뭐야……. 엄청 맛없을 것 같은네."

"무슨 말인가요! 직접 날름날름하고 싶을 정도예요!"

“지, 진심으로 날 날름날름하려고 들지 마! 너는 무슨 강아지냐!”

“멍멍♪”

울음소리 흉내를 낸다고 핥게 해줄 거라 생각했다면 큰 착각이다, 바보 녀석.

고등학생 소년들이 부럽다는 듯 보고 있으니까 절실히 부끄러운데.

“마사토 선배는, 고등학생 때 인기 있었죠?”

“허어?”

“그게, 이런 식으로 다정하게 대해 준다면, 한창때 여자아이는 다들 데굴데굴 굴러가 버릴걸요.”

“그런 둥글둥글한 녀석은 전혀 없었다고.”

“그냥 비유잖아요. 실제로는 꽤나 고백받고 하던 거 아닌가요~?”

“가, 가까워!”

앞으로 몸을 쑥 내밀면서 묻는 이나미. 야, 얼굴도 그렇지만 가슴까지 들이대지 말라고. 항상 생각하는데, 이 녀석한테는 동료와의 적절한 거리감이라는 걸 연수로 가르치는 편이 낫지 않을까.

“있나요? 없나요?”

그녀의 얼굴에는 진지함이 넘쳐 흘러서, 적당히 흘려 넘기면 될 텐데도.

“……뭐, 한 번 정도는…….”

뭘까. 밸런타인 초콜릿에 엄마의 의리 초콜릿을 넣어서 세는 것 같은 이 부끄러운 심정은…….

아니, 하지만 고백은 고백이었으니까? 후배 앞에서 살짝 허세를 부려보고 싶었다 정도?

스스로 생각해도 엄청 멋없다. 말하지 말 걸 그랬어…….

후회가 앞서고.

“예에?! 고, 고백 받은 적 있나요?!”

“예에, 라니 뭐야! 네가 끈질기게 물어보니까 커밍아웃해 준 거잖아!”

허세의 효과는 절대적이었나 보다. 이나미는 다 먹은 부타멘을 땅바닥에 내려놓더니 본격적으로 인터뷰 공세에 나섰다.

“그, 그 이야기를 자세히! 처음부터 끝까지 들려주세요!”

“~~~웃! 절대로, 사양이야!”

노도의 질문 공세.

어떤 사람한테 받았나요?! 어떤 상황이었나요?! 그 사람하고 사귀었나요?! 등등.

대답하지는 않았지만, 질문을 받으면 받을수록 인물상이 떠오르고 말았다.

뭔가 고백한 걸로 생각되는 여자에게 미안해서 사과하고 싶어졌다.

“마사토 선배는 그 사람을 좋아했나요?”

“아— 정말, 이 이야기 그만! 해산!”

‘쳇~~’ 하고 입술을 삐죽이는 이나미는 여전히 불만스러운 모양.

그렇다고는 해도, 자기나 내가 다 먹은 컵라면 쓰레기를 회수해서는 쓰레기통으로 부지런히 정리했다. 이런 성실한 점에서 좋은 가정환경을 엿볼 수 있었다.

회사로 돌아갈 준비를 마치고 걸어가려던 그때였다.

“설마 마사토 선배. 영업 성공 포상, 이것뿐인 건 아니죠?”

“어. ……뭐, 아무리 그래도 부타멘으로 그칠 생각은 없는데.”

질문에 대답하지 않았다는 사실에 대한 비아냥? 아니면 질투?

이나미, 뾰로통한 표정 & 눈빛으로 바라보잖아.

호, 혹시 나한테 준마이 다이긴요 프리미엄 술을 사달라고 억지를 부리지는…….

부조리한 제재를 각오한 나에게, 이나미는 말하는 것이었다.

“오늘밤 일 마치고, 저랑 데이트해요.”

“……어?”

그 갑작스러운 전개는 또 뭐야.

※ ※ ※

"마사토 선배, 빨리빨리! 가게 닫는다니까요!"

"그래그래. 좀 더 빨리 회사에서 나올 수 있었다면 좋았을 텐데."

"어쩔 수 없잖아요. 우리 회사는 블랙이니까!"

큰 소리로 말하지 마. 우리가 불쌍하잖아.

업무를 마치고 우리는 오사카 역 북쪽에 있는 패션 상업 빌딩에 와 있었다.

목적지는 루쿠아. 지하 1층~지상 10층까지 패션이나 잡화 등으로 가득한 매장으로, 아트리움 광장을 사이에 두고 맞은편에는 같은 계열의 건물인 루쿠아 1100이 세워져 있다. 10대~20대 젊은이들이 옷을 사고 싶다면 이곳으로 오면 만족할 수 있을 법한 시설이었다.

나도 간신히 타깃층에 들어가 있기는 하지만, 입점한 가게가 나라도 알고 있을 법한 유명한 셀렉션 숍이나 알 리도 없는 하이브랜드 가게 등이라서 완전히 어웨이측, 너무 낯설었다.

이곳에 갈 바에야 맞은편 요도바시 카메라에서 컴퓨터나 가전을 보는 편이 차분해지는 것이 슬픈 본성.,

데이트라고 그래서 한순간 놀랐지만, 이나미는 뭔가 사고 싶은 게 있는 모양이었다.

“목적지는 바로 이쪽이에요.”

짜―안, 하며 이나미가 가리킨 곳에 있는 것은 여성 전문 정장 브랜드 가게.

“계절도 바뀌었으니까 슬슬 새 정장을 살까 해서요. 새로운 자신이 되어버릴까 해서.”

아직 늦더위가 남아 있다고 해도 9월에 들어서기도 한 터라, 가게에는 가을 시즌용으로 보이는 옷이 잔뜩 진열되어 있었다. 가게 앞에는 이번 시즌 최고 추천작이라는 느낌의 재킷과 슬랙스를 입은 스타일 좋은 마네킹이 포즈를 취하고 있었다.

가볍게 걸치는 카디건이나 스웨터 같은 것도 진열되어 있어서 색상이나 디자인의 배리에이션은 풍부하지만, 업무용인 만큼 차분하고 기품 있는 상품이 많은 인상이었다.

“그래서, 이나미는 어떤 정장을 사러 온 거야?”

“그러네요. 우선은 마사토 선배가 ‘나기사……! 오늘의 너는 이 어찌나 가련하고 멋진가……!’라고 말해 줄 법한 정장일까요~.”

“요도바시의 컴퓨터 코너 다녀와도 될까?”

“안 돼요~!”

“부, 부끄러우니까 허리에 매달리지 마! 여긴 사무실이 아니라고!”

사무실에서는 안기는 게 이미 익숙하지만, 스스로 말하고

서도 서글프다.

"일단 이거랑 이거랑 이거 입어볼게요~♪"
뭐랑 뭐랑 뭐라도 입어 보면 된다고.
이나미는 잽싸게 위와 아래의 옷을 몇 벌인가 손에 들고 혼자 패션쇼를 개최.
고객은 탈의실 앞 의자에 앉혀진 나. 약 한 명인 것은 아시다시피.
역시나 우리 회사의 간판 아가씨. 뭘 입어도 어울린다.
니트 카디건을 단정하게 넣어 입은 9부 길이 슬랙스라는 보이시한 코디, 글렌체크 스커트에 셔츠를 어깨에 걸친 마루노우치 OL풍 코디, 낙낙한 느낌의 블라우스와 스커트가 일체형으로 된 누님풍 코디 등등.
일련의 패션쇼가 끝나고 탈의실 너머로 내게 물었다.
"어떤 게 마사토 선배 취향이었나요?"
"으—응……."
솔직한 감상을 말하자면 어느 옷이든 엄청 어울렸다.
하지만 나는 솔직해질 수 없는 나이.
'전부 귀여워'라고 말할 수 있을 정도의 플레이보이가 되지는 못했다.
내 침묵을 어떻게 해석했는지 이나미는 직구를 던졌다.
"직감이라도 괜찮으니까요. 응?"

“그런, 건가?”

그렇다고요, 라며 이나미는 헤실 웃었다.

“좋아하는 사람이 골라 준 옷. 그걸 입고 출근하는 것만으로도 기쁘니까요♪”

“윽……!”

“그러니까 제대로 조언 부탁한다고요?”

그런 말을 똑바로 던진다면 부끄럽고, 당연히 적당한 의견을 던질 수도 없었다.

이럴 때, 여친이 있는 남자는 간단하게 말해 버리는 걸까? 나는 어떠냐면, 여자의 복장을 고른다는 이 상황에 전혀 익숙하지 않은데.

큰 희망 없이 가게 안을 둘러봤더니 혼자 온 여성 손님, 친구가 가족 동반, 커플도 있어서 다들 각자 쇼핑을 즐기는 것처럼 보였다.

으—음, 하고 신음하기 시작한 나를 보고 이나미는 쓴웃음 지었다.

“어렵게 생각하지 말아요. 마사토 선배가 좋구나 싶은 거면 된다고요.”

“그럼 그러네. 지금 입고 있는 게, 좋을……지도.”

지금 이나미가 입고 있는 것은 초콜릿 색깔의 폭넓은 스커트에 청초한 느낌인 하얀 셔츠. 유행 같은 것은 전혀 모르겠지만 사무실에 있어도 거실에 있어도 좋은 의미로 시선

을 끌고, 무엇보다도 이나미다웠다. 그렇게 여겨졌다.

얼굴에 쉽게 드러나는 나이기에, 이나미도 내가 적당히 고른 게 아니라 진지하다는 걸 알아준다. 그렇기에 천진난만한 미소를 짓고 있겠지.

"알겠어요. 그럼 이 옷으로 할게요♪"

녹아내릴 듯한 미소를 짓는 이나미가 치사하다. 아무런 고민도 없이 즉시 결단하는 모습도.

외모만이 아니라 그런 솔직한 부분이, 우리 회사의 간판 아가씨인 이유란 말이지.

"에헤헤♪ 좋은 쇼핑이었어요♪"

정말로 기쁜 듯, 소중하게 쇼핑봉투를 품어든 이나미는 인형을 끌어안은 소녀 같았다.

"메르피크 영업에는 마사토 선배가 골라준 이 옷으로 도전할게요!"

"어어, 그래."

나는 옷을 골랐을 뿐이지만 이렇게까지 기뻐해 준다면 고른 보람도 있구나.

"좋아. 쇼핑도 끝났으니까 가볍게 한잔 걸치고 돌아갈까."

"아뇨아뇨, 마사토 선배."

"엉?"

"갈 곳이 하나 더 있거든요."

그러면서 한 층 위로 이끌려간 곳은——,

"……허어어어어?!"

내가 뒤집어진 목소리를 높이는 것도 무리는 아니었다.

형형색색의 팬티, 팬티, 팬티, 하나 넘어서 또 팬티.

팬티 & 스타킹 with 가터벨트의 세계가 펼쳐져 있었다.

"라, 란제리 숍……?! 메르피크?!"

"자자, 마사토 선배. 이번에는 저한테 어울릴 것 같은 란제리를 골라주세요. 기탄없는 의견을 듣고 싶어요! 모쪼록 영업할 때의 승부 속옷을!"

"고를 수 있겠냐!"

물론 나는 이나미가 속옷을 사는 동안 얌전히 밖에서 대기했다.

8화: 비즈니스 토크는 세밀하게, 러브 스토리는 갑작스럽게

오늘은 메르시 & 피크닉 회사로 영업을 가는 날.

우리 회사가 우메다, 메르피크 본사가 고베. 얼핏 거리가 무척 떨어진 것처럼 여겨지지만 둘 다 오사카와 효고의 중심부인 만큼, JR이나 한신, 한큐로도 전철 한 번, 환승 없이 갈 수 있다. 시간도 빠르면 30분 남짓으로 도착한다.

고베 역에서 개찰구를 나서자 역 주변의 랜드 마크, 고베 크리스탈 타워가 시야에 들어온다.

건물의 모든 외벽을 유리로 깔아서, 오늘처럼 화창한 날에는 새파란 하늘만이 아니라 하얀 구름까지도 건물을 캔버스 대신에 채색한다.

'고층 건물을 계속 바라보면 시골사람이라고 비웃음 당한다'라고 자주들 말하는데, 고베 역에 내릴 때마다 그만 크리스탈 타워를 바라보고 마는 것이었다.

이러니저러니 해서 조금 일찍 도착한 나와 이나미는 프렌차이즈 카페에 들어가서 다가올 영업 시간을 기다리고 있었다.

이나미로서는 기다리고 또 기다리던 날임은 말할 필요도 없어서. 그 프레젠테이션 연습을 카페에 들어온 뒤로 몇 번이나 듣고 있다.

애착이 강한 회사인 만큼 몇 번을 해도 긴장이나 불안은 풀리지 않는 모양인지.

"긴장해서 아무 말도 안 나왔을 때, '계속 팬이었어요!'라고 그러면서 확 브래지어를 보여 준다면, 계약해 주지 않을까요……?"

"홍보 담당이 남자라면 어쩌려고……."

"남성이라면 이 작전은 포기할게요. 저, 마사토 선배 말고는 맨살을 보여 줄 예정은 없으니까요!"

"커헉……!"

"정말이지! 자료에 커피를 쏟으면 어쩌려는 건가요! 게다가 오늘을 위해서 새로 산 승부 복장이니까 더럽히면 안 돼요!"

"내, 내 탓이 아니잖아! 커피 마시는 도중에 폭탄 던지지 말라고!"

어쩌지. 미팅 상대가 여성이고 갑자기 이 녀석이 치녀 행위에 나선다면.

이나바의 작전대로, '사실은 저도 메르피크 애용자입니다. 짜자잔'으로 이어나가야만 할까.

애당초 애용하지도 않지만…….

지금부터 진행할 영업에 대해서 더욱 진지하게 생각하라는걸까.

이나미는 입술을 삐죽 내밀고 있다. 입을 오므린 상태로 바나나 밀크 라테를 마시니까, 입에 휘핑크림이 묻어 수염 같아서.

보고만 있을 수 없어서 종이냅킨을 이나미의 입가에 가져다 댔다.

내 의도를 깨달은 이나미는 얼굴을 움직여 입에 묻은 크림을 닦았는데, 알아차렸다면 직접 닦으라고.

고충은 제쳐 놓고.

"네가 이번 영업에 무척 공을 들인다는 건 알겠지만 말이지. 뭐, 그렇게 너무 매달리지는 말라고."

'하지만……!' 하고 역시나 불안해하는 이나미에게 나는 계속 말했다.

"계약할 수 있을지는 타이밍도 중요하니까."

"타이밍, 이요?"

"어. 우리 제안측이 최고의 결과를 낸다고 해서 계약을 100% 딸 수 있는 게 아니란 거야."

초대형 광고 대리점이라도 거절당하는 일은 흔하다.

얼마나 흥미를 가지고, 얼마나 진심으로 거래하려고 하는지는 속을 탁 터놓고 이야기해 주지 않는 이상 알 수 없다.

"너는 자신이 할 수 있는 최선을 다하는 거야. 그러니까 평소처럼 느긋하고 싹싹하게 제안하면 괜찮아.”

조금 부끄럽다.

하지만 진지하게 귀를 기울이는 이나미에게 웃으며 말해 주었다.

“뭐, 그러네. 거래를 실패한다면 우리 회사의 광고 서비스가 엉망이라서 그렇다든지, 아니면 내가 자료를 제대로 안 만들어서 그랬다는 정도로 생각해 둬.”

“마사토 선배…….”

“응?”

“그러니까 좋아한다고요!”

“허어?!”

내 옆으로 다가온 이나미가 그대로 호쾌하게 허그했다?!

단둘이 있는 것도, 사무실도 아니니까 완전히 방심하고 있었다.

다행히 손님도 적고, 알아차린 기색은 없었다. 그렇지만 언제 들켜도 이상하지 않은 상황 하에서의 배덕 행위가 두근두근을 끌어올리기에.

“정말이지. 어째서 지금부터 중요한 일이 시작될 타이밍에 그런 두근거릴 말을 해버리는 건가요.”

“왜, 왜 화를 내?! 그보다, 달라붙지 말라고! 모처럼 승부복장을 입었는데 주름지잖아?!”

“상관없어요. 저, 마사토 선배가 상대라면 아무리 더럽혀

져도 흐트러져도 끄덕없어요!”

“커피로 얼룩이 진다고 화냈던 거, 완전 필요 없잖아…….”

슬쩍 야한 발언이 되었다는 거, 넌 알고는 있냐.

의연하게 계속 밀착한 이나미는 아직도 부족한 듯했다.

“있죠— 있죠—, 마사토 선배. 머리 쓰다듬어 줄래요?”

“뭐……?”

“착하다착하다, 해주면 지금부터 할 영업, 베스트로 할 수 있을 것 같거든요.”

그런 맑은 눈빛으로 바라보지 말라고. 버려진 강아지라면 주워서 돌아가게 되는 패턴의 녀석이잖아…….

그렇지만 코미디언이 지나가는 아무개에게 ‘재미있는 거 해봐라’ 소리를 들은 정도의 괴로움을 느꼈다. 그만큼 요구에 따라 머리를 쓰다듬는 행위는 허들이 높다.

지금 마시는 커피가 보드카 같은 거라면 나았을 텐데.

그런 생각을 하며 이나미의 머리에 살며시 손을 얹었다.

“너, 너라면 괜찮으니까. ————그게 뭐, 힘내…….”

“에헤헤, 완전 힘이 났어요♪”

헤실~, 표정이 풀어지는 이나미. 더더욱 강아지 같았다.

“마사토 선배. 이대로 입술도 빼앗아——.”

“까불지 마.”

“쳇—. 안 되나~.”

좋아, 이 정도로 농담을 던질 수 있다면 이제 괜찮겠지.

이나미가 시계를 확인했다. 그리고 소녀의 얼굴에서 사회인의 얼굴로 바뀌었기에 결전의 때가 다가왔음을 깨달았다.

어중간하게 남은 커피를 단숨에 비우고 나도 준비 완료.

"좋아, 슬슬 갈까."

아, 하고 이나미가 떠오른 듯 입을 열었다.

고개를 갸웃거리는 내게, 이나미는 발돋움을 하며 귓속말했다.

"혹시 몰라서 말인데요. 저, 마사토 선배 말고 다른 분께는 속옷을 보인 적 없으니까요?"

"허?!"

"아무한테나 보여 주는, 그런 싸구려 여자가 아니라는 것만큼은 기억해 주세요."

"나, 나도 이나미 속옷 본 적 없잖아."

이상한 오해를 낳을 발언은 삼가 줘.

"정말이지…… 잊어버렸나요?"

"엉?"

있었던가? 그런 속옷을 본 적…… 그러고 보니.

"화, 화장실에 끌려 들어갔을 때 일 말이야……?"

"예에?! 그, 그때는 불의의 사고였으니까 노 카운트예요!"

이나미가 그때의 기억을 떠올린 듯 전력으로 부정했다.

"그때가 아니었나!"

뭘까. 나는 어딘가에서 이나미의 속옷을 본 적이 있나……?

취했을 때인가?

※ ※ ※

메르피크 본사는 카페와 같은 빌딩에 있었다.

1층~3층은 상업 구역이고 4층~10층은 임대 오피스나 렌털 스페이스 등이 있는 기업용 층인가 보다.

각 회사와 쉽게 연결할 수 있도록 전담 접수 직원도 있는 모양이라, 미팅의 취지를 전달하자 접수처 누님이 전화로 문의해 주었다.

버튼을 누르자 몇 개나 있는 엘리베이터 중에서 하나의 램프가 켜졌다. 그리고 그대로 엘리베이터에 탔다.

최후의 체크라며 이나미는 엘리베이터에 있는 거울로 매무새를 다듬고. 무심코 옆에 있는 나도 옷깃이나 넥타이를 확인하고 말았다.

이럴 때, 자기 옷매무새가 아니라 이나미의 뉴 복장을 칭찬할 수 있다면 다소 릴렉스를 시켜줄 수 있을지도 모른다. 하지만 부끄러움이 앞서서 거울 너머로 이나미를 슬쩍 바라보기만 한다.

엘리베이터가 올라가자 순간 정적이 찾아왔다.

인원이 줄어든 것도 있고, 상업 구역에서 기업 구역으로 바뀌며 천장 스피커에서 흐르던 재즈 같은 BGM이 멈춘 것이 큰 요인이겠지.

이럴 때에 생각할 일은 아니겠지만, 롤플레잉 게임에서 자주 있는 최종 보스 직전, 제단이나 던전을 걸을 때의 무음 연출과 닮은 것 같은 느낌이 없지도 않았다.

엘리베이터 앞에 설치된 내부 지도로 현재 위치와 메르피크가 있는 장소를 확인하니 딱 반대편인 듯했다. 원기둥 모양의 건물을 오른쪽으로 돌았다.

정말로 다양한 회사가 입주하고 있는지, 유리 너머의 회사를 곁눈질로 확인했더니 인테리어 가구가 있다든지 모델룸 같은 곳도. 대여 창고처럼 쓰는 곳도 있는지 종이상자가 잔뜩 쌓여 있는 기업도 있고. 지금부터 출하하는지 카트에 대량의 의류를 싣고 있는 회사도 있었다.

"여기인 것 같네."

"아, 예."

회사 이름을 보지 않아도 알 수 있었다.

유리로 된 벽면에는 마치 가게처럼 형형색색의 란제리가 전시되어 있거나, 검은 빛 투명 마네킹에 브래지어와 팬티가 입혀져 있거나, 포스터에 있는 모델도 추천작으로 보이는 속옷을 입고 있는 등. 요전에 이나미에게 끌려갈 뻔했던 판매점과 무척 닮았다.

기업 이름을 확인하니 화려한 폰트로 merci & pique-nique라고 명판에는 새겨져 있었다.

윈도쇼핑을 좋아하는 여자 같네. 이나미는 팬심을 고스란히 드러내어 진열된 상품을 둘러보고 있었다.

"우와~ ♪ 이거, 역대 콜라보 상품이야! 제가 학생 시절에 입던 것도 있어요. 이거예요, 이거!"

"야, 얌마. 영업하러 온 거잖아!"

너무 들떠서 자기 브래지어 소개하지 말라고.

회사 앞에는 인터폰, 전화는 없는 모양이라 초인종을 눌렀다.

당사의 사명과 미팅 약속을 이야기하자 '기다리고 있었습니다!'라는 신선한 목소리와 동시에, 나보다도 연하, 이나미와 같은 정도 연령의 여성이 안내해 주었다.

그리고 고객 상담 공간으로 안내되었다.

역시나 젊은 층에게 지지를 받는 란제리 숍인 만큼, 나오는 다과도 작게 포장된 마카롱이나, 생수도 내빈용으로 작은 페트병이 상비되어 있나 보다.

'그럼 담당인 요시노를 불러오겠습니다'라며 여성이 사라졌다.

"역시 화려한 회사는 나오는 것도 화려하네요."

"그러게. 우리 회사는 슈퍼에서 사온 전병이랑 업무용 보리차 팩인데. 마카롱이 나온 건 처음이야."

"저, 아직 이런 과자 같은 거, 언제 먹으면 되는지 모르겠어요."

“안심해. 나도 몰라.”

똑똑, 노크 소리가 들리자 무심코 등줄기를 폈다.

이나미는 등줄기는 펴는 건 물론, 그대로 일어나 버렸기에 나도 서둘러 일어섰다.

그곳에 서 있던 것은 이 또한 귀여운 계열의 여성이었다.

밝은 금발의, 어깨보다 긴 장발에 끝은 파마. 밝은 회색 원피스는 허리 부분이 잘록하고, 그 아래의 미니스커트에서 늘씬한 맨다리가 뻗어 있었다. 전체적으로 좋은 스타일이 도드라졌다.

동그란 눈은 살짝 처진 느낌으로, 작고 도톰한 입술도 어우러져서 작은 동물 같았다.

서글서글 다정한 분위기를 두르고 있는 모습이, 어딘가 그립기도——.

“어. 마사토 군……?!”

“……. 역시, 요시노, 구나……?”

무심코 고객 앞이라는 사실도 잊고 반말이 나왔다.

이나미가 어리둥절해 하는 것도 무리는 아니었다.

“아. 미안해, 이나미.”

“어, 어떤 인연인가요?”

이나미가 쭈뼛쭈뼛하는 느낌으로 물었다.

“우리, 고능학교 동창이야.”

“……예에?!”

놀라는구나. 나도 엄청 놀랐어…….

　충격의 재회는 일단 제쳐놓고, 우리는 본래의 목적인 영업을 위해 의자에 앉았다.
　이나미는 내 옆, 요시노는 내 정면에 앉았다.
　“그럼 다시. 메르시 & 피크닉 홍보 담당 요시노 쿠루미예요. 그리고, 마사토 군의 동창이에요♪”
　“어어. 진짜로 오랜만이네.”
　“정말 놀랐어! 설마 우리 회사에 마사토 군이 나타날 줄이야.”
　“세상은 좁구나.”
　“마사토 군, 아저씨 같다고?”
　“안타깝게도 동갑이야.”
　“그 느낌, 여전하네—.”
　요시노는 즐겁게 쿡쿡 웃었다.
　우리와 달리 첫 대면이라서 그런지 이나미는 여전히 긴장하고 있구나.
　“처음 뵙겠습니다! 이나미 나기사라고 합니다.”
　“이나미 씨군요. 잘 부탁합니다♪”
　테이블을 사이에 두고 명함을 교환했다. 자기소개를 가볍게 나눈 이나미와 요시노를 빤히 바라보며 마카롱을 입으로 던져 넣었다. 거래처에서 나온 다과를 이렇게나 편안하게

먹은 것은 처음이었다.

요시노는 생글생글 밝은 분위기.

"마사토 군, 그 마카롱 맛있지? 키타노자카에 있는 가게인데, 잡지 같은 데도 소개되는 유명한 과자야."

"호~. 나한테는 너무 레벨이 높아서 잘 알 수 없을지도."

"모르는 상태에서 다음 마카롱으로 손을 뻗는 건 어떨까 싶다고……?"

'너한테 먹여 줄 마카롱은 없어'라는 걸까.

"이나미 씨도 사양 말고 드세요."

"아, 예."

"혹시 이나미 씨, 많이 긴장했나요?"

"아하하……. 솔직히 말씀드리면 많이 했어요."

"후배인 이나미인데, 이 회사의 속옷을 옛날부터 좋아했다더라. 오늘 미팅, 엄청 기대하고 있었어."

"부, 부끄러우니까 말하지 마세요."

'와―! 엄청 기뻐요!'라며 요시노는 눈을 반짝이고 손을 맞댔다.

"저도 그래요. 이나미 씨가 전화 너머로도 전해질 만큼 열심히 영업을 해줬으니까, '한번 만나보는 것도 괜찮지 않을까' 싶었거든요."

요시노는 계속 말했다.

"여기서만 하는 이야기인데, 지금 계약 중인 광고 대리점

말이죠, 일을 꽤나 대충 하는 것도 많고 디자이너 분 센스도 좀 미묘해서……."

타이밍이 좋았다고, 요시노가 미소 지었다. 그 말에 이나미가 '감사합니다'라고 대답했다.

"하지만 실제로 만나 봤더니 귀여운 여자일 뿐만 아니라, 설마 눈매 사나운 고등학교 동창도 있어서 깜짝 놀랐어."

'시끄러워'라는 내 딴죽에 요시노는 옛날과 변함없는 미소를 계속 짓고 있었다.

"마사토 군은, 고등학교 때도 눈매가 사나웠는데 더 심해졌네~."

"블랙에서 실컷 일한 결과가 이 꼴이야. 요시노는 여전해 보이는데."

"응? 여전하다니 무슨 의미야?"

"아니, 성실하구나 해서."

"어떤 포인트에서 그렇게 생각한 거야?"

"우리 회사의 업적 같은 거 사전에 조사를 해서 영업에 임해 준다든지 그런 부분일까."

요시노가 가지고 있는 자료로 시선을 향했다. 분명 이쪽에서 준비한 것이 아니었다.

그렇다면 본인도 제대로 조사를 해주었다는 이야기였다.

"보통이야. 하지만 마사토 군이 그렇게 말해 주니 기쁘네. 고마워."

어쩐지 그리워서 이대로 고등학생 시절 이야기를 해버리기 전에, 제대로 일은 해야겠지. 일단 우리 회사의 어필 포인트라도 말해 둘까.

"우리 회사의 디자이너는 우리 또래 여자고 총괄하는 상사 선배도 패션 지식이 뛰어난 사람이니까, 메르피크와의 상성은 나쁘지 않다고 생각해."

'호~……' 하고 요시노가 촉촉한 눈빛으로 바라봤다.

"뭐, 뭐야."

"여성이 많은 직장이구나~."

"허어?! 그렇게 안 많다고."

"이나미 씨, 실제로는 어떤가요?"

"비율로 따지자면 남성 쪽이 많지만, 마사토 선배 주위에는 여자 비율이 높아요."

"이나미, 너는 누구 편이야……."

요시노는 이나미 편인가 보다.

"이나미 씨 괜찮아? 마사토 군한테 성희롱 당하진 않아?"

"했으면 좋겠는데, 좀처럼 해주질 않아요."

요시노가 걱정스레 물어봤지만, 이나미도 지지 않고 진지하게 대답했다. 너는 방향성이 이상하잖아…….

"아, 안 한다고―!"

"마사토 군이랑 이나미 씨는 사이가 좋구나."

대답을 듣고 요시노가 웃고 있을 때였다.

"저, 저기!"

이때 이나미가 기다렸다는 듯이 몸을 내밀었다.

그리고 나와 요시노를 교대로 본 뒤.

"두 분은 그게, 예전 친구일 뿐인 관계인가요……?"

이나미로서는 진지한 질문이라는 것은 표정이나 음색으로 봐서는 명백.

그렇지만 그런 동요가 요시노로서는 귀여웠는지.

"아니면 어떤 관계로 보이나요?"

"어!"

"후배를 곤란하게 만들지 마. 우리는 그저 같은 반이었어. 고등학교 2학년부터."

"마사토 군, 옛날에 내 고백을 농담 취급했지―."

"!!!" "어엇!"

농담으로도 진지하게도 들리는 톤으로 요시노가 말하기에 쓸데없이 당황했다. 야, 여긴 술집이 아니라고. 사무실에서 해도 될 옛날이야기의 도를 넘어섰는데.

"그런 소리 말라고!"

내가 필사적으로 막으려고 하는데도 요시노는 '사실대로 말하는 것뿐인데―' 라고 답할 뿐.

한편 그 무렵, 이나미.

"마사토 선배가 요전에 고백을 받은 적이 있다고 그런 거, 요시노 씨 이야기였군요……!"

그런 이나미의 발언에 역시나 요시노의 얼굴이 붉어졌다.

"어, 마사토 군! 이나미 씨한테 내 이야길 했어?!"

"가볍게 했을 뿐이야! 게다가, 설마 이런 곳에서 만날 줄은 몰랐다고!"

이거 뭐야. 나, 영업을 하러 온 거 아니었나……?

"진짜로 우연이니까!"

허둥대고 있으니 요시노도 생수를 잔뜩 섭취하고 쿨 다운했다.

"으, 응……. 마사토 군이 당황한 얼굴을 봐서 이 정도로 용서해 줄게."

"참고로! 어째서 고백을 거절했나요?"

아니, 이나미 이 녀석. 나랑 요시노가 끝내려고 하는 대화를 파고들지 말라고.

"아하하……. 그건 이나미 씨한테는 비밀일까. 우리 추억이니까."

"요시노도 이만 됐으니까! 자, 미팅을 하자고."

이 이상 수치를 무릅쓸 수야 있겠냐며 영업으로 방향을 전환했더니, 요시노도 '그러네'라고 살짝 붉은 얼굴 그대로 동의해 주었다.

아무리 이나미라도 걸즈 토크를 계속할 때가 아님을 이해한 모양이었다.

얼굴에는 명백하게 '알고 싶다'라고 적혀 있었지만.

나랑 이나미가 상정한 영업과는 무척 달랐지만, 이야기 자체는 무척 부드럽게 진행되었다고 생각한다.

"응응. 조사도 제대로 된 게, 이나미 씨의 메르피크 사랑이 전해졌어."

"정말인가요? 감사합니다."

"월 운용비가 조금 높은 부분은 애로사항이겠지만, 상사에게 물어서 조금 더 이야기를 좁힐 수 있다면 좋겠다고 생각해요."

요시노는 회사에는 들리지 않도록 반걸음 다가왔다.

"하면 안 되는 일이기는 하지만, 기껏 지인이랑 인연이 부활했으니까 조금 편을 들어버릴 거라고?"

"뭐, 고마운 일이기는 하네. 잘 부탁할게."

"다음에 올 때는 맛있는 과자 가져다줘."

"어, 어어……."

"아하하! 농담이야."

회사 출구의 엘리베이터 앞까지 요시노가 배웅하러 나왔다. 영업 결과는 며칠 이내로 대답해 주기로 했다. 고등학교 때부터 성실한 요시노니까, 결과는 알 수 없지만 대답이 돌아오지 않는 일은 없을 테고, 이 기회가 안 되더라도 다음에 이어주리라는 안심감이 있었다.

"새삼스럽지만 말이지. 이나미 씨랑 마사토 군, 정말로 사이가 좋네."

"어. 갑자기 뭐야."

"설마 사귄다든지?"

떠날 때에 그런 질문을 받았더니, ──이나미와 있었던 일을 떠올리고 그만 동요하고 말았다.

그런 한심한 반응이 요시노에게는 부정으로 비쳤을 테지. 고등학교 때 느낌으로.

"어, 그럴 리가 없겠네. 이런 귀여운 아이한테 실례겠지."

"그, 그렇지 않아요!"

'엣' 하고 요시노가 입을 열었다. 나조차 '뭣?!' 하고 바보 느낌 고스란히 담긴 목소리가 나왔다.

"마사토 선배, 엄청 의지가 되고 존경하는 선배인걸요. 제가 정말로 좋아하는 선배예요."

"그, 그렇구나. 그렇다면 이나미 씨는 마사토 군한테, 혹시나……?"

즉답이었다.

"에헤헤…… ♪ 혹시나, 쪽이네요 ♪"

"~~~윽! 너희는 TPO를 좀 생각해서 걸즈 토크를 하라고! 해산이야, 해산!"

이나미를 엘리베이터에 밀어 넣고 닫힘 버튼을 연타. 죽을 만큼 부끄러워서 그렇다는 것은 말할 필요도 없었다.

요시노는 아직 무언가 말하고 싶은 모양이었지만 문이 닫힐 때까지 인사를 하고 있었다.

※ ※ ※

전철을 타고 회사로 돌아왔다. 뭘까, 영업 자체는 잘 풀린 편이라고 생각하지만, 갑작스러운 사건에 영 석연치가 않은데. 그 원인은, 옆의 신입이었다.

평소에는 시끄러울 정도로 미팅 피드백을 하고 싶어 했으면서, 오늘의 이나미는 조용히 고개만 숙이고 있었다. 그렇게나 나쁘게 풀리진 않았다고 생각하는데, 뭔가 이 녀석이 침울해 할 일이 있었던가?

"마사토 선배, 인중을 축 늘어뜨리고 있었어."

"엉?"

천천히 말을 꺼내는가 싶었더니, 무슨 소리야? 인중?

"요시노 씨한테 말이에요."

"안 그랬어."

"요시노 씨랑 과거에 뭔가 있었나요?"

"……아니, 그건 뭐. 아무리 그래도 사적인 이야기니까 말 못 해."

내 말에 이나미는 알기 쉽게 토라졌다. 어떻게 달래야 할지 생각하던 그때, 내 스마트폰에 메시지가 들어왔다.

"아. 요시노가 보냈네."

그런가. 그 녀석 내 연락처 가지고 있었던가. 엄청 오랜만이니까 고등학교 시절에 교환했다는 것도 잊고 있었다.

'오늘은 놀랐어. 다음에 둘이서 술이나 마시러 가자.'

"마사토 선배가 바람……!"

"허어? 바람이고 뭐고, 애당초 사귀는 사람도 없으니까!"

남의 스마트폰 메시지를 멋대로 보지 말라고.

9화: 평소에는 하이 스펙, 최근에는 덜렁이

넌 복사도 제대로 못 하냐.

기분 나쁜 아저씨 상사가 젊은 사원한테 말하는 전형적인 악담.

나는 이 말이 정말 싫다.

'복사도 안 가르쳐 주는 네 잘못이지'라며 중지를 세워 들고 싶어진다.

자신의 당연함=상식이라 생각하는 것은 좋지 않다.

본인도 신입 시절, 상사한테 이것저것 배웠으니까 그걸 부하한테 환원해야 한다고 생각하진 않느냐.

복사를 못 하는 신입이 있다면 상사인 자신이 가르쳐 주면 그만이다.

제대로 교육을 했는데도 불구하고 적당히 대응하거나 몇 번이고 평범한 실수를 저지르는 신입이 있다면, 그때야말로 질책해야 하겠지.

신조라고 할 정도의 일도 아니지만, 후배를 가르치는 입장이 되었을 때에 나는 그렇게 결심했다.

그리고 다행히도 지금 내가 가르치는 신입 후배는 이제까지 크게 질책당할 일이 없는, 훌륭한 요령을 갖추고 있었다.

──그럴 터였다.

"저기. 이나미."

"아, 예?"

"너, 이 자료, 성대하게 틀렸다고."

'예?!'라고 이나미가 허둥지둥 상대에게 보내기 위한 기획 자료를 보니, 수치를 틀린 상태였다. 덤으로 보내는 상대 회사의 이름까지 잘못 썼다.

"회사나 사람 이름을 틀리는 게 가장 안 된다고 전부터 말했잖아? 그건 한 번이 아니라 두 번 다시 확인하라고."

이런 주의를 줄 때에는 가능한 한 온화한 말투로 하자고 마음먹었다. 주의를 줄 때에 위압적이 된다면 상대의 태도에 공포감을 느껴서 막상 중요한 주의사항이 머리에 들어가지 않는다. 그러니까 평소와 그다지 다르지 않은 분위기로 말할 생각이었는데, 듣는 이나미의 얼굴이 파랗게 싹 질렸다.

"빠, 빨리 고칠게요!"

"어. 아니, 됐어. 이미 내가 고쳐 뒀으니까."

"죄송해요…….."

이나미는 자료로 시선을 떨어뜨린 채로 굳어 있었다.

평소의 이나미라면 '고쳐 주셨나요? 답례로 허그랑 키스를 받으세요!' 정도로 터무니없는 성희롱을 던질 것 같은데, 지금은 그런 농담을 할 기미가 전혀 없었다.

"그리고 아까 내 책상에 메모를 두고 갔는데."

“아, 그랬죠, 저기, 마사토 선배 앞으로 전화가…….”

“그건 알겠다만, 가장 중요한 상대가 안 적혀 있는데…….”

이나미가 내 컴퓨터에 붙여둔 포스트잇에는 ‘마사토 선배에게. 11시에 전화가 왔습니다. 회신 부탁드려요’뿐.

전화를 전달하는 기본 중의 기본. 전화 상대를 확인하는 것. 신입의 매너 연수에서 배울 법한 일을 가지고 주의를 줘야만 한다는 사실에, 역시나 위기감을 느꼈다.

“죄…… 죄송해요!!”

“어어. 앞으로 조심하도록 해.”

실수가 영향을 미쳤을 테지. 이나미는 더더욱 고개를 숙였다.

최근의 이나미는 실수가 많았다. 평소의 이나미가 전혀 없다고 해도 될 정도로 실수를 하지 않았던 만큼, 조금의 실수가 뚜렷하게 두드러지고 만다. 나로서도 이렇게까지 페이스가 무너진 후배를 어떻게 대하면 좋을지 고민이 될 수준이었다.

교육 담당인 내가 놀랄 정도로, 연수 시절과 비교해도 많았다.

대체 무슨 일일까…….

※ ※ ※

사축 직장인 한때의 오아시스. 점심시간.

회사 근처의 밥집에 가는 것도 괜찮고. 카페에서 한숨 돌리는 것도 괜찮고. 회사 휴게실에서 도시락을 펼치는 것도 괜찮고. 어쨌든 이 시간만큼은 누구에게도 방해받지 않고, 잔소리도 듣지 않는 시간이다.

평소라면 나도 딱히 이러쿵저러쿵 하고 싶지는 않다.

하지만 이나미의 모습에 도저히 입을 열지 않을 수가 없는 상태였다.

이나미는 믿을 수 없을 만큼 덜렁이가 되어서는 머~엉한 표정으로 방울토마토를 젓가락으로 집었지만, 데굴데굴 굴러가고. 그것을 깨닫지도 못하고.

"이나미. 방울토마토 떨어졌다고?"

"예. 아하하……. 죄송해요."

이나미는 3초 룰! 이라면서 5초 이상 지난 방울토마토를 입에 넣었다.

"아, 마사토 선배."

"응?"

"이거, 주먹밥을 많이 만들었는데 드세요."

"어, 어어. 항상 미안하네."

이나미한테 받은 주먹밥을 먹었더니.

"크헉……!"

"마사토 선배?!"

“아니, 너! 이 주먹밥, 소금이 아니라 설탕을 넣었어……!”

“예?! 자, 잠깐만 실례할게요.”

“왜 내 걸 먹는데?!”

이나미는 내가 먹던 주먹밥을 덥썩.

“으에~~……. 밥이 달아~~~! 우메보시 짜~. 씨를 씹어버렸어~!”

“우메보시는 원래 짜잖아…….”

이나미가 덜렁이 히로인 전력 전개.

주먹밥을 설탕으로 만드는 녀석이 정말로 있구나, 어떤 의미로 감탄하고 말았다.

이미 간접키스 같은 건 신경 쓸 일도 아니었다. 눈물을 글썽이는 이나미에게 페트병을 건네자 차를 꿀꺽꿀꺽 마셨다.

그리고 갑자기 이나미가 일어섰다.

“밑의 편의점에서 다른 주먹밥을 사올게요!”

지갑을 덥석 붙잡고 쏜살같이 달려가 버렸다.

“아! 딱히 신경 쓸 필요, ——아니, 가버렸네.”

내 몫의 점심이라면 그냥 내 걸 이미 먹었으니까 굳이 주먹밥을 사올 필요는 없다.

하지만 덜렁이 이나미가 너무나도 걱정이라 그 자리에서 일단 기다리기로 했다.

그곳으로 작업을 일단락하고 점심시간에 들어선 이나바가 찾아왔다.

이나바도 편의점에 다녀왔나 보다. 손에 들고 있는 것은 컵라면에 샐러드랑 치킨. 오늘은 든든히 먹고 싶은 기분인 듯했다.

"최근에 나기사의 실수가 눈에 띄는데, 무슨 일 있었어?"

"어~."

이나바의 직설적인 질문. 뭐, 그야 저 상태는 누가 보더라도 이상하다고 생각하겠지.

"……역시 이나바, 이상한 부분에서 날카롭네."

"누구라도 알 거라고."

이나바는 컵라면을 후루룩 먹었다.

요시노와 있었던 일을 말해야 할까, 안 해야 할까.

"뭐, 자세히 물어보지는 않겠지만 말이지. 나기사가 저렇게 엉망이 되다니 어지간한 일이 아니잖아?"

"뭐, 그러네……."

"저렇게 될 만한 건, 너랑 관련된 일뿐이니까. 나기사를 안심시키기 위해서라도 한 잔 하면서 이야기를 듣는 것 정도는 해줘도 되잖아?"

지당한 말이라고 생각한다. 이럴 때, 교육 담당이라면 후배의 고민을 들어줘야 한다. 술이 필요할지는 일단 제쳐 놓더라도.

이나바가 니히히, 짓궂게 웃었다.

"아니면 확 끌어안고, 호텔에서 한 발이든 두 발이든 세

발이든——,”

“~~~윽! 시, 식사 중에 이상한 소리 하지 마!”

“아하하! 농담이야.”

바보 자식이. 직장에서 해도 될 만한 농담의 영역을 넘어섰잖아……. 그렇게 어이없어하는 내게, 조금 전보다는 기운이 생긴 목소리가 날아왔다.

“주먹밥 사왔어요—.”

신호등 앞에 있는 편의점에 갔을 테지. 불과 10분 정도로 이나미가 돌아왔다. 어지간히도 서둘렀는지 호흡이 거칠었다.

“??? 무슨 일 있었나요, 마사토 선배 얼굴이 빨간데.”

젠장……. 이나바의 야한 제안 탓에 나도 무척 지독한 표정인가 보다.

“뭐, 잘 해달라고.”

괜한 배려를 해주려는 것일까. 이나바는 반 이상 남은 라면이랑 다른 음식을 들더니 그대로 자리를 뒤로했다.

“어라, 미히로 선배, 여기서 안 드세요?”

“클라이언트한테 급한 용건이 와버려서 말이지~.”

“어. 그건 큰일이네요……!”

“아니아니. 나기사, 너도 이제부터 ‘좋은 의미’로 큰일이 벌어질지도?”

“???”

“그럼 느긋히 쉬세요~~♪”

저 녀석. 이상한 말을 남기고 가지 말라고…….

이나바가 사라지고 대신에 이나미가 내 맞은편에 앉았다. 편의점에서 사온 주먹밥 하나를 ‘자, 마사토 선배 거’라며 당연하다는 듯이 놓고, 자기 것도 부스럭부스럭 포장을 뜯어서는 먹기 시작했다.

“이, 이나미.”

“예?”

새삼스럽게 권유하려니 어쩐지 긴장되었다.

“그게, 뭐냐……. 오늘밤에, 술 한 잔 안 할래?”

아니, 지금 발언 기분 나빴나? 이제까지는 이나미 쪽에서 ‘한잔 하러 가죠~’라며 끌어들이고, 나는 그것을 피하거나 받아들이는 입장이었다. 내 쪽에서 액션을 시작하는 일은 없었으니까 필요 이상으로 상대의 반응이 신경 쓰였다. 진정하자, 진정해. 회사 선후배의 평범한 커뮤니케이션이잖아.

“저, 저기! 싫다면 딱히——,”

“——게요.”

“어?”

“반드시 갈게요! 그야 당연히 가는 거잖아요.”

그런 내 불안을 날려 버리는, 이나미의 ‘만세~~~~!’ 하는 큰 환호성.

“으어?!”

덤이라고 할까, 억지스럽다고 할까. 이나미가 테이블을 뛰어넘어 내게 뛰어들었다. 평소의 이나미다움 가득.

"꼭, 꼭 갈게요♪ 오늘은 단둘이서 잔뜩 마셔요♪"

"어, 어어."

나 프러포즈라도 했나? 그런 착각에 빠질 것만 같이 기뻐했다. 아니, 그저 한잔 하러 가는 것뿐인데도 이렇게나 기뻐해 준다면, 권유하길 잘했다고 진심으로 생각했다.

일단 오늘은 이 녀석의 이야기를 충분히 들어주자.

※ ※ ※

업무 시간 종료 직전. 오늘은 잔업 없이 퇴근해야 한다는 생각으로 집중해서 메일에 답하고 있는데, 옆에 놓아둔 스마트폰이 울렸다.

놀랐다. 그리고 바로 일어섰다.

'미안해, 전화가 와서'라고 옆에서도 정시 사수를 위해 일을 마치려고 노력 중인 이나미에게 한마디 건넸다.

"예―♪"

배웅해주는 이나미를 뒤로, 복도로 나가서 스마트폰 통화 버튼을 스와이프.

"요시노, 무슨 일이야?"

전화를 건 인물은 요시노.

딱히 켕기는 일을 하는 것도 아니고, 당당하게 이나미 앞에서 받으면 그만일지도 모른다.

그래도 기껏 점심시간의 그 일 덕분에 평상시로 돌아온 이나미의 기분이 상할 일은 안 해도 되겠지.

「마사토 군. 아직 업무 중이지? 끝나면, 오늘밤에 같이 한잔 하러 안 갈래―, 싶은데…….」

"어. 오늘밤?!"

「저기, 그러네, 가능하다면 오늘이 좋겠어요…….」

더블 부킹. 인기 없는 내게 예정이 겹칠 일은 좀처럼 없다. 그런데도 어째서 가장 좋지 않은 타이밍에 벌어지는 거냐고.

내가 대답하지 않고 조용히 있었더니, 스마트폰에서 당황한 목소리가 들렸다.

「이, 일이야! 일 이야기 같은 것도 하고 싶으니까. 윗사람도 흥미를 가져줘서.」

"지, 진짜야?! 어~, 하지만…….."

먼저 약속한 건 이나미니까……

문에 달린 유리창으로 이나미 쪽을 봤다.

무척 기뻐하는 표정으로, 소리는 안 들려도 콧노래를 부르는 것이 들릴 것만 같다. 일을 마치려고 무척 서둘러서 타이핑 중이었다.

하지만 말이지, 같이 마시는 건 아무래도 좀 그렇겠지.

「실은 있지. 경쟁 회사도 무척 괜찮은 제안서를 가져와서. 오늘 와주지 않으면…….」

"어…… 그 이야기는."

「그러니까 마사토 군이랑 아무래도 오늘 이야길 하고 싶어서.」

나는 이나미를 보며 저울에 얹었다. 일이냐, 후배냐. 평소라면 먼저 한 약속을 중시하겠지만, 이나미가 메르피크 안건에 걸고 있는 마음도 알고 있다. 덧붙여서 지금의 저 녀석은 굉장히 상태가 좋지 않다. 내가 가서 거들어야 할까, 어느 쪽일까.

응……, 정했다. 이나미도 당연히 메르피크와 계약하고 싶을 테니까.

「안 되는, 걸까?」

"아니, 괜찮아."

「정말?!」

"뭐, 그러네. 서로 쌓인 이야기도 있을 테니까."

「응♪ 그럼 장소는 LINE으로 보내둘게..」

전화를 끊고 크게 한숨을 흘렸다.

그대로 자리로 돌아가자 이나미가 만면의 미소로 나를 바라봤다. 강아지라면 꼬리를 붕붕 흔드는 상태라고 해도 될까.

"마사토 선배! 오늘은——,"

이런 후배를 실망시키는 건 정말로 미안하다. 하지만,

"이나미. 미안해……."

"???"

"뺄 수 없는 용건이 들어왔어."

"예……?"

이나미의 표정 변화에 내 마음은 죄책감으로 가득해졌다. 정말로 미안해.

"이번 일은 꼭 벌충할 테니까!"

"아, 아뇨아뇨! 항상 어울려 주시니까 정말로 괜찮아요!"

억지로 기운을 내는 모습은 아픈 만큼 알 수 있었다. 평소의 천진난만한 미소가 아니라 억지로 만들어진 가면 같은 미소였다.

"일 쪽을 우선하세요. 저는 언제든지 웰컴이니까요!"

그렇게 말한 이나미의 눈빛이 무척 침울하고 쓸쓸했던 것을 못 본 척하고, 이것도 이나미를 위한 일이라고 스스로를 타일렀다.

이때의 내 선택이 옳았는가, 틀렸는가. 그것은 몇 시간 뒤에 바로 알게 될 일이었다.

10화: 요시노 쿠루미가 사랑에 빠질 때까지

“아아. 긴장했어…….”

마사토 군과의 통화를 마쳤다.

아직 두근거리는 가슴을 누르고서 몇 번이고 심호흡했다.

“조금 치사했지…….”

스스로도 치사하다며 반성했다. 하지만 요전의 미팅에 온 이나미 씨라는 여성 사원이 마사토 군을 사랑한다는 걸 알고 말았으니, 어떻게든 움직여야만 했다.

틀림없이 이나미 씨도 내 마음을 알아차리지 않았을까.

포기했다, 고 할까 잊으려고 했다. 하지만 계속 좋아했던 사람이 눈앞에 나타난 것이다.

운명 따위를 믿을 나이는 아닐지도 모른다.

하지만 그런 불확정적인 것에 매달리고 싶어져 버렸다.

시간이 지나서 생각했다. 역시 나는 마사토 군을 좋아한다고. 이제까지도 여러 사람과 연애했지만, 영 와 닿지가 않았다.

※ ※ ※

나랑 카자마 마사토 군은 같은 고등학교 동창이다.

그래봐야 처음에는 그저 같은 반. 2학년 때부터 같은 반이지만 접점 따위는 거의 없이, 남학생 중 하나라는 느낌이었다.

당연히 처음에는 이름이 아니라 성으로 불러서 카자마 군.

카자마 군의 이미지는 의연하다, 였다.

이른바 카스트 상위의 인간은 아니었지만, 싫은 일은 싫다고 확실하게 말했다.

개성이 강한 타입이었기에 친구가 많지는 않았다. 하지만 사이좋은 사람들은 그를 무척 따랐다. 선배한테는 귀여움을 받고, 후배들은 연모한다는 느낌이라고 할까. 그런 인상.

한편 그 무렵, 나.

스스로에게 자신이 없고, 그러면서도 주위에 이질적으로 보이는 것이 싫어서.

머리카락도 검은색이고 외모도 소극적으로, 어디까지나 눈에 띄지 않도록. 하지만 지나치게 수수하지 않도록 최소한의 화장이나 옷에는 신경을 써서. 사실은 원하는 스니커나 액세서리는 있지만, 어디까지나 카스트 상위의 아이들을 도드라지게 보이도록 할 법한 행동을 했다. 그 아이들과 패션 같은 게 겹치지 않도록.

팔방미인*이라는 말이 가장 와 닿을까.

'어— 그러네' '그거 말이구나'라든지. 전혀 익숙하지 않은

---

* 일본에서는 팔방미인이 줏대 없이 주위에 맞추기만 하는 사람을 가리키는 부정적인 의미로 사용된다.

말을 사용하며, 주위에 미움을 사지 않으려 생글생글. 그런 스스로가 싫다……고 할 만큼 자의식이 발달한 것도 아니라서, 그저 주위의 여자들과 풍파를 일으키지 않도록 하는 것이 고교 생활을 가장 현명하게 보내는 방법이라고 생각했다.

카자마 군과 대화한 계기는 정말로 사소한 일이었다.

"있잖아."

"어?"

방과 후. 주번 일지를 교실에서 적고 있었는데 선뜻 내게 말을 걸었다.

카자마 군은 수업 중에 몰래 게임을 하다가 선생님한테 들켜서 한창 반성문을 쓰고 있었다.

"가방, 왜 예전에 쓰던 걸 다시 가져왔어?"

놀랐다. 나의 지극히 개인적인 일을 알아차렸으니까.

거칠게 말하자면, 새로 구입한 가방이 우리 반의 퀸인 키미지마랑 겹쳐 버린 것이었다.

키미지마도 내가 먼저 샀다는 걸 알아차렸을 테지. 그럼에도 같은 가방을 샀다는 사실은, '이제는 내 가방이니까, 알겠지?'라는 뜻이라는 것도 어찌어찌 알 수 있었다.

그렇기에 찍히는 것이 무섭고, 까분다고 여겨지는 것이 무서워서, 슬며시 전에 쓰던 가방으로 다시 돌아와 버렸다.

계속 갖고 싶어서, 열심히 알바를 해서 얻은 브랜드 가방이었지만 '고교 생활을 평온하게 보내기 위해 어쩔 수 없지'라고 스스로를 그저 타이르며.

직접 이렇게까지 확실하게 말하는 남자는, 카자마 군이 처음이었다.

"그, 그냥 내 기분이야."

"어차피 키미지마 메어리랑 겹쳐서 그런 거 아냐?"

"!"

"너는 남의 안색만 살피고 그러잖아."

"그렇지는……."

"뭔가 있지. 보고 있으면, 너가 주위에 맞추고 있다는 게 엄청 느껴지거든."

"딱히 무리하는 건……, 아니 맞을지도. 그래도 카자마 군은 모를 거야."

몸에 달고 있는 것이 겹치는 일은 어느 정도 어쩔 수 없지만, 이번에는 겹친 사람이 사람이니까 나는 그렇게 선택한 것이었다. 카자마 군 같은 남자에게는 무척 작고 시시한 일처럼 여겨질지도 모르겠지만.

"처세술이라고나 할까? 미움을 받지 않도록 하는 게 최선이야."

"여자한테는 여자의 세계가 있으니까, 딱히 상관은 없지만. 힘들겠네."

"카자마 군은 너무 생각이 없는 거 아닐까?"

"허?"

"그게 말이지, 이것저것 고려하지 않고 싫은 건 싫다며 거절하잖아? 키미지마가 카자마 군 자리에서 이야길 할 때라든지, '방해돼'라고 잘도 당당하게 말할 수 있단 말이지."

"어쨌든 방해되는 건 방해되는 거니까."

카자마 군의 그런 드라이하다고 할까 시원시원한 모습은 정말로 굉장하다고 생각한다.

"나, 저 녀석들 싫어하니까."

"어떤 부분이?"

"저 녀석들 남 뒷담화 엄청 좋아하잖아. 한패라든지 친구든지 하나 자리를 비우면, '최근에 영 못 어울려 주겠단 말이지—' 같이 그 녀석 험담을 시작하고. 또 하나 빠지면, '쟤 남친 없지~' 같이 험담을 시작하고. 저 녀석들은 무슨 카트리지 연필* 같은 거야?"

하나하나 떠밀고, 남은 멤버들끼리 험담. 그러니까 카트리지 연필……인 건가?

"카트리지 연필……. 아하핫! 예시가 참 그립네! 하지만 조금 이해가 가네. 확실히 우리 반 여자들은, 그런 쪽으로 끈적끈적할지도."

"그렇지?"

"하지만 남자들은 반대로 너무 드라이해."

---

* 심을 다 쓰면 하나씩 빼서 계속 사용하는 연필.

“? 어째서.”

“그게, 카자마 군만 게임하다가 들키고, 다른 애들은 도와주려고 하지도 않았으니까.”

“…….”

“그보다도, 카자마 군도 참 덜렁이구나, 혼자서만 들키고.”

“시, 시끄러워! 집중하다가 그만 못 알아차린 거야! 수업 중에 하는 봄버맨이나 마리오카트는 스킬보다도 근성 있는 녀석이 강하다고.”

“자랑할 만한 이야기는 아니니까 말이지……?”

“우등생인 너는 수업 중에 게임 같은 거 못 하잖아.”

“이잇! 짜증 나! 그렇게까지 말한다면, 다음 수업 중에 게임 끼워 줘!”

“지금 분명히 말했다? 제대로 박살을 내줄 테니까.”

별것 아닌, 방과 후의 그저 한때. 대화 내용은 딱히 특별하지도 않은 반 사정. 그럼에도 다른 누구와 대화하는 것보다 편하게 이야기할 수 있다는 사실이 신기했다.

카자마 군과 이야기한 뒤. 이후로는 나도 좀 더 변하자고 생각했다.

그런 뜻을 담아서, 옷장 안에 처박아둔 가방을 꺼냈다.

하지만 나는 너무나도 낙관시하고 있었다.

※　※　※

“있잖아, 겹치는데.”

“아…….”

점심시간의 교실. 반 아이들은 드문드문, 나는 점심 도시락을 먹은 뒤에 휴대전화를 체크하던 참이었다.

그것은 당연하다면 당연했다. 한번 물러났다고 생각한 인간이, 질리지도 않고 또 가방을 가져왔다고 여겨도 어쩔 수 없으니까.

키미지마가 기분 나빠할 것도 예상은 하고 있었다. 하지만 이렇게까지 직설적인 말을 들을 각오까지는 되어 있지 않았다.

화려한 미인 갸루가 위압감을 잔뜩 내보이고, 패거리 아이들의 시선도 힘겨웠다.

끝내는 더더욱 직설적인 말을 듣고 말았다.

“요시노한테는 이런 하이 브랜드 가방은 안 어울리잖아.”

그 순간, 뱃속이 뒤집히는 것 같은 공포에 지배당했다. 키미지마의 시선이 박히듯 나를 향하고 있었다. 내 머리에는 그저 싫다, 고립되고 싶지 않다는 생각밖에 없었다. 조금 전까지의 화창했던 기분은 어디론가 날아가 버렸다.

그렇겠지. 사람은 좀처럼 변할 수 없다.

나는 평소대로, 반사적으로 미소를 만들고.

“미, 미안해. 내일부터는 다른 가방으로 가져올 테니까.”

“허? 왜 요시노가 가방을 바꿀 필요가 있는데.”

“카자마, 군……?”

그때의 나는 그렇게 감싸 주는 것보다도, 카자마 군이 이런 다툼을 듣고 있다는 쪽이 싫었다. 어째선지 모르겠지만 부끄러웠다. 등을 따라 식은땀이 흘렀다.

“그 가방, 요시노가 먼저 가져왔잖아. 겹친 건 키미지마니까 그렇게나 싫다면, 네가 바꾸면 되잖아.”

반 아이들이 주목하는 가운데, 카자마 군은 의연하게 키미지마를 보고 있었다.

“허? 카자마는 관계없잖아. 그보다, 그냥 기분 나빠.”

“아니아니. 기분이 나쁘든 어쨌든 일반적인 의견이니까.”

“카, 카자마 군, 괜찮으니까. 응?”

“너도 너야. 왜 사과하는 거야.”

어, 거기서 날 혼내? 보통은 감싸는 상대를 혼내진 않잖아? 반 전체가 카자마 군의 일거수일투족에서 눈을 떼지 못하게 되었다.

하지만 카자마 군은 개의치 않고 계속 말했다.

“자기가 귀엽다고 생각해서 산 거 아니냐고. 그런데도 어울리지 않는다고 그러면 그냥 가운데 손가락을 세워 들면 그만이잖아! 뭔가 미안한 거야, 바보가!”

잠깐만, 카자마 군. 뭔가 키미지마 때보다 더 열 받은 거 아냐?

하지만 그런 카자마 군의 영문 모를 분노가 우스워서, 나는 그만 웃고 말았다.

키미지마가 보기에 그건 달갑지 않겠지. 크고 째진 눈매로 날 노려봤다.

하지만 그녀에 대한 공포심은 신기하게도 줄어들었다.

나는 하나둘, 호흡을 가다듬었다. 그리고 키미지마를 똑바로 바라봤다.

"이, 있지? 이 가방, 잡지에서 봤을 때부터 한눈에 반해서, 열심히 알바해서 모은 돈으로 산 가방이야."

"……그래서 뭔데?"

"그러니까 있지. 키미지마가 말하는 것처럼 나한테는 안 어울리거나, 분수에 안 맞을지도 모르겠지만, 정말로 좋아하는 가방이니까 앞으로도 사용할게."

"으……. 그래. 마음대로 하지 그래?"

화가 난 걸지도 모르고, 내치려는 걸지도 모른다.

그럼에도 마음에 드는 가방을 당당하게 가져올 수 있게 되었다.

그 이상으로, 자신의 얼굴을 마주하고서 자신의 의견을 전할 수 있다는 사실이 참을 수 없이 기뻤다.

조금 살벌했던 분위기가 풀어지고, 반 아이들에게도 밝은 분위기가 돌아왔다. 오히려 나한테 눈짓으로 '해냈구나'라고 미소 지어 주는 아이도 있을 정도였다.

카자마 군에게 시선을 향했더니 응, 힘차게 끄덕여 주었다.

모두가 한 건 마무리. 그렇게 생각했을 것이다.

"자―자―, 키미지마."

그래서 '이 사람, 살짝 바보일지도 모른다'라고 생각했다.

카자마 군은 키미지마에게 선뜻 말하는 것이었다.

"너, 연상 사회인이랑 사귀잖아?"

"……허?"

"감출 거 없어. 역 앞 미스터 도넛에서, 너랑 남친이 알콩달콩하던 거 난 본 적 있으니까. 꽤나 있어 보이는 미남이었으니까, 새 거 사달라고 그래."

또다시 적막해지는 교실.

그리고 새빨개지는 키미지마.

"…………아니야."

"어. 왜 그래, 키미지마."

"~~~웃! 남친 아니야! 우리 오빠라고, 바~~~~보야!"

"어어?! 그렇다는 건, 친오빠한테 너는 그렇게나 사근사근한 미소를――."

"시끄러워어어어! 카자마, 진짜로 죽어!"

"푸헉!" "카자마 군?!"

키미지마는 카자마에게 성대한 따귀를 날렸다.

‘아야—’ 하고 신음하는 카자마 군을 데리고 나는 보건실로 향했다.

보건실에는 양호 선생님이 마침 회의 중이라며 없어서, 나는 일단 얼음주머니에 얼음을 넣어 카자마 군의 뺨에 댔다.

“괜찮아? 일단 식히도록 해.”

“어, 고마워.”

“미안해. 날 위해서.”

설마 키미지마가 따귀를 날릴 줄이야. 그리고 설마 오빠를 좋아했다니.

뭔가 나쁜 짓을 해버렸을까…… 그렇게 생각하는데, 옆에서 웃음소리가 들렸다.

“훗. 아하하!”

“카자마 군?”

“드디어 너도 키미지마한테 한마디 해줬구나!”

화창한 표정으로 그런 말을 해도 말이지. 하지만, 그래. 그렇다. 제대로 말해 버린 것이다. 이제까지 그렇게나 남들의 시선을 신경 쓰고, 일을 만들지 않도록 해왔으면서, 어째서 그걸 허사로 만들어 버렸을까. 그런데도 어째서 이렇게나 기분이 좋을까.

“정말이야. 내일부터 카사마 군치럼 둔한시 당할지도,”

“너는 뭐, 괜찮잖아. 나뿐이야, 찍힌 건.”

“그럴까.”

카자마 군이야말로 틀림없이 괜찮겠지. 쭈뼛쭈뼛하지도 않고, 자신을 착실하게 갖고 있으니까.

“카자마 군, 남이 어떻게 생각할까, 다른 사람한테 미움을 사고 싶지는 않다고 생각하진 않아?”

“모두에게 호감을 사는 건 불가능하고, 모두에게 호감을 살 필요도 없잖아.”

“그건 카자마 군이니까 그럴 수 있는 거야.”

“딱히 뭐 어때? 자기 마음에 든 녀석한테만 호감을 산다고 해도.”

다들 그렇게 하고 싶어도 그럴 수 없으니까, 이렇게나 괴로운 게 아닐까. 그렇게 생각했지만 말로 하지는 않았다.

“뭐, 말은 그래도 외톨이가 되는 건 나도 사양이지만.”

이제까지 친구가 필요 없다는 정도로 말했으면서, 갑자기 마음이 약해지는 카자마 군. 치사해, 귀여워. 그렇게 생각했더니 자연스럽게 입에서 말이 튀어나왔다.

“카자마 군이 혹시 혼자가 된다면 내가 있으니까 괜찮아.”

“어? 그거 고백?”

“아, 아닌데요!”

“하하하!”

아니아니, 놀려서 미안해. 그렇게 말하는 카자마 군. 겉보기랑 다르게, 여자아이 다루는 게 익숙한 걸까?

그 후로는 키미지마랑 조금 서먹서먹해지기는 했지만, 그래도 개운하게 내 의견도 조금씩 말할 수 있게 되었다.

그리고 카자마 군한테만큼은 자기 의견을 완벽하게 말할 수 있게 되었다.

카자마 군이 아니라 마사토 군이라고 호칭이 바뀌었을 무렵일까.

친구로서가 아니라 이성으로서 좋아하게 된 것은.

그 마음만큼은 끝까지 완벽히 전할 수가 없었다.

※ ※ ※

고등학교 최후의 날. 졸업식.

드라마에서 자주 나오듯이, 우리 고등학교에서도 졸업생을 향한 고백 대전이 시작되었다. 그냥 기념 고백부터 진심이 담긴 고백까지. 하지만 물론 그 소용돌이 안에 있는 사람은 평소부터 카스트 상위의 사람들뿐이고, 대부분의 사람에게는 관계가 없는 편이다.

나는 자랑은 아니지만 몇 명에게 고백 받고, 거절했다.

'좋아하는 사람이 있으니까, 미안해요.'

그렇게 머리를 숙이는 사이에, 조금씩 의문이 생겨났다.

모두 용기를 내고 있는데도 나는 아직 소극적이구나.

나름대로 성장했다고 생각했다.

하지만 가장 마음을 전해야만 하는 사람에게 아무것도 전하지 못했다는 것을 깨닫고 말았다. 깨닫고 말았더니 다리가 움직이는 데 시간은 걸리지 않았다.

나는 교내를 뛰어다니고, 간신히 아무도 없는 교실에서 멍—하니 창밖으로 하늘을 바라보는 마음속의 인물을 발견했다.

이런 곳에서 뭐하는 거야? 그렇게 말을 걸려다가 그만뒀다. 마사토 군은 나를 깨닫지 못했는지 계속 밖만 보고 있었다.

"어라, 요시노잖아. 아, 벌써 이동 중이야?"

"응. 다들 카자마 군 안 기다리고 가게로 갔어."

졸업식 다음에는 반 친목회가 기다리고 있어서, 간사가 모두를 데리고 이동 중이었다.

이다음, 모임이 끝나버리면 진학교가 다른 마사토 군과는 정말로 떨어져버린다. 이사를 가는 건 아니지만, 하지만 봄이 되어 새로운 대학교에 간다면 마사토 군은 틀림없이 그쪽에 집중하게 되어버릴 테니까.

그러니까——,

"마사토 군."

"어."

"저기…… 있잖아."

“계속 좋아했어요. 저랑 사귀어 주세요.”

“어?”

마사토 군은 장난스러운 표정으로 중얼거렸다.

“같은 거, 미남이라면 이런 상황에서 듣고 있겠지.”

“…………정말이지!”

“허? 왜 화를 내는데. 어, 혹시 나한테 진심으로 고백하려고 했던 거야?”

“?! 아, 아니야! 우쭐대는 것도 정도가 있지!”

“너, 너 말이지. 정말로 만났을 때랑 비교하면, 시원스럽게 말하게 됐구나…….”

“어디의 섬세함이라고는 없는 사람 덕분에 말이지?”

“……”

“……”

““아하하하핫!””

순간적으로 나와 버린 부정의 말.

어째서 ‘그래’라고 말할 수 없었을까.

“자. 다들 기다리니까, 우리도 가게로 갈까.”

“어. 그러자.”

평소처럼 웃는 마사토 군.

알고 있다, 그런 평소 그대로가, 내일부터는 없다는 사실도.

아직 늦지 않았을지도 모른다. ──하지만,

말할 수 없었다. 마사토 군 덕분에 자기 의견을 말할 수 있게 되었는데, 중요한 마음은 말할 수 없었다.

사람은 그렇게 변할 수 없다.

아니다. 변할 수 있었기에, 나는 사랑에 겁쟁이가 되어버렸다.

이대로 대학생이 되고, 사회인이 되고, 어딘가에서 기회는 있다고 생각했는데.

졸업 후에는 두세 번 고등학교 멤버가 모이긴 해도, 서서히 서로의 생활권이 멀어져서 소원해지고 말았다. 흔해 빠진 청춘의 결말. 후회한다. 후회하지 않을 리가 없다.

그러니까 있지, 마사토 군. 나한테 다시 한번 기회를 주지 않을래?

"미안해. 굳이 우메다까지 와줘서."

"아니야. 난 정시에 돌아갈 수 있는 화이트니까 말이지—."

"단숨에 죄책감이 줄어들었어."

살짝 투덜댔더니 요시노는 웃었다.

일이 끝나고 오사카 역의 미도스지 입구에서 만난 우리는, 그대로 이동해서 이탈리안 바로 왔다.

"그럼, 오늘 하루도 수고하셨습니다."

"어. 수고했어."

스파클링 와인이 든 가늘고 긴 유리잔을 맞대고, 천천히 기울였다. 약한 탄산의 최아아악하는 자극이 몸을 돌고, 스며드는 포도의 단맛이 기분 좋았다. 좋은 술이었다.

생햄 모둠이니 감바스니, 적당히 안주를 주문했다. 평소에는 싸구려 술집에서 내장조림 따위로 일본주나 맥주를 흘려 넣는 몸으로서는, 눈에 보이는 모든 것이 세련되게 느껴졌다.

"요시노는 항상 이런 화려한 가게에서 마셔?"

"사원의 9할이 여성이니까 말이지. 이런 가게에 가는 일, 꽤나 많을지도."

“호~. 우리는 그냥 술집이 많으니까.”

그러면서도 우리 회사의 여성 사원 얼굴을 떠올렸다. 이나미나 스즈모리 선배, 이나바도 셋이 모일 때라든지, 그럴 때는 이런 느낌의 화려한 곳에 가는 걸까.

너무나도 익숙하지 않은 가게이고, 영문 모를 메뉴도 많았다.

“파스타 늦네.”

“어라? 마사토 군, 파스타 주문했던가.”

“어. 아쿠아 파짜라는 거.”

“아쿠아 파짜라면, 이거라고?”

요시노가 큰 접시 하나를 가리켰다. 그곳에는 흰 살 생선이랑 조개, 토마토랑 올리브 등을 끓인 요리가.

“어. 아쿠아 파짜라는 거 파스타 아냐? 나, 국물 있는 파스타 같은 요리를 상상했는데.”

“아쿠아 파스타……? 풋, 하하하! 확실히 크림 파스타나 스프 파스타 같은 이름일지도!”

요시노는 ‘마사토 군, 너무 모르잖아!’라며 대폭소.

나로서는 몇 년 동안이나 파스타라고 생각했던 것이 생선 요리였다는 사실의 충격이 굉장했다.

요시노가 아쿠아 파짜를 내 앞 접시에 덜어 주었다.

“파스타는 아니지만 맛있으니까 먹어봐.”

아쿠아 파짜여. 헷갈리는 이름으로 부끄럽게 만들지 말라고 생각하며, 생선을 한 입.

"응……. 평범하게, 아니 엄청 맛있네."

"그렇지? 이 파스타 맛있지?"

"……놀리지 말라고."

"아하하!"

요시노가 천진난만한 웃음을 터뜨렸다. 즐거워 보이니 다행이다.

고등학생 때는 굳이 따지자면 청초하고 얌전한 인상이었다. 지금도 전체적인 이미지는 다르지 않지만, 머리카락 색깔이 밝아지고 화장 탓인지 어린 외모도 쑥 어른스러워졌다고 절실하게 생각했다.

내 눈이 죽어가는 사이, 요시노는 여성스러움을 갈고닦았을 테지.

내가 빤히 보고 있으니 샐러드를 먹는 타이밍이었는지, 요시노는 작은 입을 우물우물 움직이며 싱글싱글 나를 봤다.

"새삼스럽지만, 잘도 다시 만났구나 싶어."

"정말이야."

"메르피크는 젊은 여자들한테 인기잖아? 넌 자기주장이 서투른데도 브랜드 같은 거 꽤나 유행을 따르는 구석이 있었지."

"실례야. 하지만, 그러네. 꽤 좋아했으니까 말이지—."

요시노는 익살을 떨듯 바라봤다.

"그래서 어때? 세련된 것처럼 보여?"

"어, 어어. 고등학생 때보다도."

기대하는 그대로의 말을 할 수 있어서 다행이다. 요시노는 더욱 희희낙락한 표정을 지었다.

"그것도 마사토 군 덕분인데 말이지."

"나?"

"마사토 군이 자기주장 방법을 가르쳐 준 덕분에, 대학생 때는 좀 더 자신을 표현하려고 했거든. 대학 데뷔라고 할 정도는 아니지만."

그러면서 잔을 들고 스파클링 와인을 마시는 요시노. 그런 모습도 멋있다고 생각했다.

"이런 느낌으로 염색도 해버린다든지."

요시노는 둘로 땋은 머리카락 한쪽을 어필했다.

"어, 어어."

그런 요시노의 말에 재치 있는 말로 대답할 수도 없는 나는, 그저 생햄을 씹을 뿐. 요시노는 그런 내 모습을 개의치 않고 계속 말했다. 장난기도 있겠지.

"자자. 이런 느낌으로 피어스를 뚫기도 했어. 자, 보여?"

머리카락을 귀로 넘기며 내게 얼굴을 들이밀기도 했다.

아니아니, 얼굴 가깝다고.

생각지도 않게 그 동작에 두근거렸다.

뭐라고 할까, 조금 전부터 별것 아닌 그런 모습이 굉장히 여성스러웠다.

우리는 무난한 대화를 나누며 서로 술을 권했다. 적당히 취기가 돌며 평소보다 수다스러워진 것을 깨달았다. 요시노는 무척 취한 모양이라 단정한 그 얼굴로 나를 빤히 바라봤다.

“있지, 마사토 군은 좋아하는 사람이라도 있어?”

부끄러운 걸 감추려고 스파클링 와인을 잔에 채우는데, 요시노가 천천히 이야기를 꺼냈다.

“어?”

“그야, 그런 귀여운 아이가 빤히 보일 정도로 대시하는데, 거절하고 있으니 말이지.”

그것이 누구를 가리키는지는, 아무리 나라고 해도 알 수 있었다.

“──후배니까 말이야. 그렇게 간단히 손을 댈 만큼 나도 뻔뻔한 남자가 아니라고.”

“그럼 후배가 아니었다면 손을 댔겠네.”

“……말꼬리 잡지 마.”

어이없어 하는 내 모습에 웃어주지 않았다. 오히려 어째선지 진지했다.

“귀여운 녀석이고, 스펙도 좋은 녀석이야. 하지만 나는 이세까지 후배로만 봤으니까. 최근이 되어서야 이성으로서도 의식하게 된 건 확실해졌을지도.”

"그럼, 사귀는 것도 아니고 서로 좋아하는 것도 아니구나."

"뭐, 뭐어 그렇게 되겠네."

조금 수줍은 심정도 담아서 대답하자 흐~응 하고 요시노는 중얼거리며, 잔에 남은 술을 단숨에 들이켰다.

"여기요~, 로제, 한 병 더 딸게요—."

"너도 꽤나 마시는구나……."

그 뒤로 요시노가 회사 이야기를 조금 했지만, 그것은 이번 영업과 관련된 일이라기보다 광고 대리점에 요구하는 요소 같은 일반적인 이야기로 그쳤다. 게다가 그 뒤로 요시노의 이야기는 고등학생 때로 거슬러 올라갔다. 이나미와의 약속을 깨면서까지 이 자리에 나왔으니까 계약을 따는 정도까지는 아니더라도 무언가 결정적인 이야기를 들었으면 싶었는데, 허탕을 친 기분이었다.

그래도 끈질기게 기다리자 마침내 요시노가 제대로 만취해버렸다.

"어, 아직 더 주문하게?"

요시노가 세 병째 주문을 하려고 했을 때, 무심코 말해 버렸다.

"뭐가—?"

"이미 두 병이나 비웠는데……."

완전히 눈이 풀렸는데, 요시노 씨.

"괜찮아— 괜찮아—."

"그게…… 요시노 있지, 전화로 이야기했던 경쟁 회사 말인데……."

"어— 응…… 그래, 상사한테 말해 버렸어. 이제 마사토 군 회사로 정했으면 한다고."

"어, 그건."

계약 성립이라는 거? 그렇게 확인하고 싶었지만, 술자리에서 역시나 이건 안 된다며 생각을 바꾸고, 이 말을 들은 것만으로 충분하다고 판단했다. 고등학생 시절의 친분을 실컷 사용해서 미안하다고 생각하며, 이에 대해서는 가만히 있을 수가 없었다.

"아. 하지만 잠깐만. 그건 내가 아니라 이나미한테 다시 전달해 줬으면 해."

"흐—응……. 그런가요, 그런가요."

메르피크에 이렇게까지 집착하는 요인이, 항상 술을 마시면 응석을 부려대는 신입이라다고는 인정하고 싶지 않았지만…….

※ ※ ※

그리고 가게를 나왔을 무렵에는 꽤 깊은 밤. 돌아가는 길.

"야. 괜찮아? 택시 부를래?"

요시노는 그렇게나 술에 강하진 않나 보다. 조금이라도

할까, 무척 헤롱헤롱하는 눈빛으로.

"2차 가자."

"아니. 내일, 평일이니까 말이지?"

"운명적인 재회라고? 좀 더 축하하자."

"운명적이라니 호들갑스러운 이야기네."

"호들갑스러운 게 아냐."

"어?"

그 순간, 요시노는 내 등으로 팔을 둘렀다. 옆에서 본다면 서로 끌어안은 것처럼 보이는 모습이었다. 그만큼 취했는데도. 요시노의 팔은 꿈쩍도 하지 않았다. 너무나도 갑작스러워서 무슨 상황인지 영 알 수가 없었다.

"나, 정말로 놀랐는걸."

"어, 아니아니 요시노……?"

뭘까, 서 있을 수 없을 정도로 취한 걸까? 상대가 부장이었다면 다짜고짜 밀어냈을 참이지만, 상대는 고등학생 때 친했던 동창이다. 아무리 그래도 '떨어져'라고 할 수도 없어서 어쩌면 좋을지 한참 고민하는데, 가슴 쪽에서 흐릿한 목소리가 들렸다.

"마사토 군, 혹시 지금 사귀는 사람이 없다면……."

"……."

"나랑……."

그렇게 말하고 고개를 든 요시노. 예쁜 그 얼굴이 점점 다가왔다.

　그때,

　"마사토, 선배……?"

　"엇. ……이, 이나미?"

　익숙한 목소리에 돌아보니 그곳에는.

　이나미가 있었다.

　너무나도 타이밍이 나빴다. 아무리 회사에서 가장 가까운 역이라고 해도, 이나미랑 맞닥뜨리다니.

　'저질렀다'라는 내 표정도 잘못이었을지도 모르겠다.

　켕기는 일을 하던 것도 아니니까 좀 더 당당하게 있었으면 나았을지도 모른다.

　요시노도 불온한 분위기를 헤아렸을 테지. 나한테 기대고 있던 몸을 되돌리며 불안한 표정으로. 그녀의 안색은 순식간에 취기에 가셨다.

　고작해야 술자리. 하지만 상태가 나쁜 이나미에게는 그 이상의 의미가 있었다는 것이 아플 정도로 전해졌다.

　결국 일을 우선했다고 스스로에게 변명을 하며, 고등학교 동창생과 즐겁게 마신 것에 변함은 없었다.

　그러니까 이나미가 배신이나 속였다고 생각하더라도 어쩔 수 없었다.

　순간적으로 그렇게 떠올린 내 생각을 읽은 것처럼, 이나미는 한층 더 슬픈 표정을 지었다.

“뺄 수 없는 용건이라는 게 이거였군요.”
“아니…… 그게 아니라.”

“선배 거짓말쟁이…… 슬프네요.”

어떤 변명도 듣지 않고, 이나미는 ‘실례할게요’라는 말만
남기고서 그 자리를 떠나버렸다.
나는 어떻게 하면 좋을지 알 수가 없어서 그저 우두커니
서 있을 뿐이었다.

12화: 마실 수밖에 없는 날도 있다

다음 날 아침. 어젯밤의 일로 거북했지만, 그런 개인적인 사정으로 회사를 쉴 수는 없었다.

평소처럼 출근했지만.

"어……? 이나미가 몸이 안 좋아서 결근?"

처음이었다. 개근상이었던 이나미가 결근한 것은.

간판 아가씨인 이나미인만큼 사원 일동도 걱정스럽게 이야기하고 있었다. 최근 며칠의 실수 연발도 있어서, 저 부장조차 '이나미, 무슨 일일까'라며 걱정하는 상황.

이럴 때, 이나미가 얼마나 사랑받는지 실감했지만 지금은 그럴 겨를이 아니었다.

내 탓, 이지?

아니, 내 탓인가?

나는 이나미를 위해서, 이나미를 생각해서 요시노와 만나고, 그리고 일 이야기를 하고.

물론 일 이야기 말고도 한 일은 인정하지만.

이건 이나미를 배신하는 일인가?

아니아니. 이상하잖아.

설령 일이 아니었다고 해도 근무 시간 외에는 사적인 시

간이다. 딱히 이나미와의 약속을 캔슬했다고 해서, 오랜만
에 동창이랑 만나서 단둘이 대화를 나누는 건 안 될 일도 아
니다. 나와 이나미는 사귀는 것도 아니니까.

그런데 어째서일까.

"선배 거짓말쟁이…… 슬프네요."

젠장……. 그런 표정을 떠올리니 변변히 일에 집중할 수
도 없었다.

※ ※ ※

"아~~. 젠장! 저기요, 생맥 추가요!"
"너무 마셨어."
"이런데 마시지 않고 배기겠나요!"
"아—아—. 네가 이렇게까지 만취하는 것도 오랜만이네."
스즈모리 선배가 물병에 든 물을 잔에 따라주었다.
지금 현재, 나와 스즈모리 선배는 친숙한 술집에 있었다.
오늘 하루, 내가 제대로 엉망인 모습을 보고 있던 스즈모
리 선배가 '한잔 하러 갈래?'라며 권유해 준 것이었다. 어디
의 엉망이었던 후배에게 한잔 하러 가자고 권유했던 나처럼.
스스로도 알 수 있었다. 엄청나게 취했다는 걸.

평소에는 어떻게든 조심스럽게 마시는데, 지금은 그럴 여유는 없다는 듯 벌컥벌컥 맥주니 일본주니, 목에서 위로 흘려 넣었다. 안주도 거의 안 먹고 그저 취하고 싶어서 마시는, 좋지 않은 음주였다.

하지만 그런 것을 신경 쓸 겨를이 없었다. 울분을 술로 씻어내지 않을 수가 없었다.

이때, 싫은 생각을 할 바에야 만취하는 편이 낫다.

"으으~. 그 자식……. 거짓말 같은 거 안 했다고……."

그런 악담을 늘어놓는 나를 보다 못한 스즈모리 선배는 닭꼬치를 하나씩 꼬치에서 빼서는 내 앞 접시에 놔주었다.

"얼른 나기사랑 화해해. 지금 전화해서."

"싫습다! 남의 배려도 모르고 거짓말쟁이 취급하는 후배하고는."

나는 테이블에 엎드렸다. 스스로도 왜 이렇게나 짜증이 나는지 알 수 없었다. 딱히 이나미가 어떻게 오해를 하든, 나중에 이야기해서 이해를 받으면 그만일 터. 애당초 나는 이나미의 선배니까 후배의 발언에 일희일비하는 것도 너무 어른스럽지 못하다.

하지만 이나미의, 그 허무한 표정을 떠올리자 어쩔 수 없는 후회로 가득해졌다.

"아앗———— 정말! 생맥 셋 추가!"

"바보! 좀 전에 시킨 맥주도 안 왔잖아!"

스즈모리 선배가 '얘가 하는 주문, 앞으로 완전히 무시해 주세요'라고 점원에게 주문하자 옙! 하고 기세 좋은 대답이 돌아왔다.

"젠장~~~……. 술도 안 나오는 술집이라니, 대체 뭐 하는 가게임까~~~! 진짜 그냥 집임~~~까~~~!"

스스로도 살짝 무슨 소리를 하는지 알 수 없는 클레임. 술이 없다면 먹을 수밖에 없다고, 앞 접시에 있는 닭꼬치를 입 안으로 던져 넣었다. 소금이랑 양념, 연골이나 다진 고기 등등, 맛도 식감도 관계없이 우적우적 타임이었다.

입 안을 씻어내고 싶지만 물을 마셔서 몸 안의 알코올 농도를 낮추고 싶지는 않았다.

스즈모리 선배가 마시는 레몬 추하이를 노려봤다.

"그런 귀여운 눈으로 바라봐도 안 줍니다―."

"스즈모리 선배 정도라고요. 내 죽은 눈을 귀엽다고 말해 주는 거."

"그래? 하지만 있지. 퍼그라든지 불독이라든지, 귀엽지 않아?"

"어……. 전 못생겨서 귀여운 장르인가요……?"

"무서워서 귀엽다?"

답변해 주면서 닭꼬치와 레몬 추하이를 즐기는 선배가 귀여워서 귀엽다.

"나, 자주 그러잖아? 몸소 기른 후배는 언제까지든 귀여

워하고 싶다고.”

“현재진행형으로 귀여워하고 있네요.”

감사함다. 나는 우적우적 타임으로 돌아갔다.

“어쩔 수 없네.”

“응? 뭐가 어쩔 수 없나요?”

스즈모리 선배는 레몬 추하이를 기울이며 엄청난 비밀을 이야기하듯 내게 미소를 지었다.

“나기사 면접 때 이야기를 해줄게.”

아, 그러고 보니 스즈모리 선배는 채용 담당이었구나.

확실히 작년에 ‘올해 신입은 기대주야—’라고 했던 기억이 있다.

우리 같은 중소 인터넷 광고 대리점에 신입으로 들어오는 녀석이라면, 고작해야 큰 회사에서 떨어져서 온 대학생이나 어지간히 특이한 사람밖에 없다고 생각했단 말이지.

뭐, 나도 남더러 뭐라고는 못 하겠지만.

“딱히 흥미 없어요.”

“들·려·줄·게.”

뺨을 꼬집으니 ‘……예’라며 무심코 끄덕이고 말았다.

“나기사, 우리 회사가 제1지망이었다는 이야기는 들었지?”

“어어…….”

들은 적도 있었던 것 같기도, 없었던 것 같기도. ‘저, 선배가 있으니까 이 회사에 들어온 거예요’라고 술자리에서 들은 것 같기도 하지만, 그때는 선배를 추어올리는 빈말이라고만 생각했다.

"우리 같은 기업을 제1지망으로 하는 아이라니 희귀하니까, 살짝 지망 동기를 파고들어서 물어봤거든."

"예에."

"그랬더니 있지, 그 아이 뭐라고 그랬을 것 같아?"

'작은 회사니까 바로 위로 올라갈 수 있을 것 같으니까.' '집에서 자전거로 5분 거리니까.' '동거 중인 남친이랑 이제 곧 결혼한다. 3개월 정도로 그만둘 수 있을 것 같은 회사였으니까' 등등.

시답잖은 이유만 머리를 맴돌고, 해답 같은 것은 떠오르지 않았다.

생각에 잠긴 내게 스즈모리 선배는 가르쳐 주었다.

"마사토 선배한테 도움을 받은 게 계기."

"예……?"

엎드려 있던 몸을 무심코 일으켰다. 와이어라도 매달아서 끌어올린 것처럼.

"'자기도 카자마 씨랑 같이 회사를 부흥시키고 싶다', '내 인생을 바꾸어 준 사람이 일하는 회사에서 일하고 싶다'라면서."

"아니아니아니!"

스즈모리 선배의 그 말에, 단숨에 취기가 날아갔다.

나한테 도움을 받았어?

하지만 나, 이나미가 입사하기 전에 만난 적 없는데?
회사 면접이라면 자주 있는 일일지도 모른다.
인터넷 홈페이지의 사원소개를 봤다든지.
하지만 애석하게도 나는 그런 것에 실려 있지는 않다.
어쩌면 뉴스 등에서 자주 나올 법한, '최첨단 의료 기술로
목숨을 구했다'라는 전개로 나도 모르게 이나미 생명의 은
인이라든지?
물론 나는 그런 거창한 개발 같은 것도 안 했다.
"도와줬다니, 언제요? 무슨 일이에요?"
"거기까지는 개인적인 부분이니까 안 물어봤어."
"가장 신경 쓰이는 부분을······."
'나 말이야'라며 스즈모리 선배는 쿡쿡 웃었다.
"그렇게 반짝반짝하는 눈빛으로 이야기하니까, 지망 이
유 따위는 아무래도 상관없어져 버렸어."
스즈모리 선배는 진심으로 기뻐 보였고.
"이렇게나 기운 가득한 아이하고, 같이 일할 수 있다면 틀
림없이 매일 즐겁겠구나 싶어서."
그 사실은 내 취한 머리에 잘 울렸다.
"내가 기대한 후배에게, 심취했다는 것만으로 설득력 있

으니까.”

그리고 마음에도 울렸다. 그만 눈물샘이 느슨해져 버릴 정도로.

“저……, 여자였다면 틀림없이 스즈모리 선배한테 울면서 뛰어들었어요.”

“응—? 남자라도, 카자마 군이라면 그래도 되는데.”

“남들 시선도 있으니까 사양할게요.”

‘아하핫. 아쉽네’라면서 장난기를 드러내니, 남들의 시선이 더는 신경 쓰이지 않게 돼서 더 치사하다.

“그래서 있지. 지금 이야기를 듣고, 그런 아이가 회사를 그만뒀으면 좋겠어? 이렇게까지 선배를 따르는 후배는 좀처럼 없잖아.”

“……그러네요.”

언제나 이나미는 내 뒤를 따라다니고, 가끔씩 정말로 도를 넘는 구석도 있지만, 가르쳐 준 것은 금세 할 수 있게 되고, 한 적이 없는 일은 열심히 배우려 하고, 항상 내 기대에 응하려고 했다. 직장인의 후배로서 너무나도 이상적인 모습으로, 이나미는 항상 열심히 해주었다.

스즈모리 선배는 계속 말했다.

“이제 자신이 뭘 하면 될지 알았잖아?”

그때 타이밍이 좋은 건지 나쁜 건지, ‘기다리셨습니다—’라는 목소리와 함께 턱 놓인 맥주잔. 아무 말도 없이 스즈모리 선배가 그것을 한 모금 꿀꺽.

'넌 술을 마실 때가 아니야'라고 말하듯이.

그런 선배의 감사한 마음씀씀이를 헛되이 할 수는 없다.

나는 비어 있는 잔에 물을 여봐란 듯이 따랐다.

그리고 알코올로 가득했던 몸을 식히듯이 단숨에 마셨다.

그런 단순한 걸로 취기는 깨지 않을지도 모른다. 그래도 기분 상으로는 이미 맨정신에 가까웠다.

내 몸은 단세포라서 참으로 다행이라고 생각한다. 스마트폰을 붙잡고,

"선배, 오늘은 감사했습니다! 저, 돌아갈게요."

"예예, 나기사 잘 부탁해."

그 말에 감사함을 전하고, 얼른 이나미 번호를 띄우고 스와이프했다.

착신음이 울렸다. 무슨 말을 하면 좋을까. 말이라고는 전혀 떠오르지 않고, 마음의 준비도 정리되지 않았다.

끝내 착신음에서 통화로 이어졌다.

"……마사토, 선배?"

"어, 어어."

가슴이 죄어들었다.

울고 있었나? 지독히 작고 싸늘한 목소리로.

"선배, 예요……?"

이럴 때, 무언가 재치 있는 한마디라도 할 수 있다면 좋겠

지만 애석하게도 나는 그런 스킬은 갖고 있지 않았다.

"있잖아, 이나미——."

"——줘요."

"어?"

가냘픈 목소리, 떨리는 목소리로 이나미는 말했다.

"마사토 선배, 도와줘요……!"

13화: 소중한 후배이자 이성이기도 하다

일분일초도 아깝다.

이나미가 LINE으로 보낸 주소를 가지고 택시에 탔다.

차 안에서 도저히 진정이 되지 않았다.

'도와줘요'라고 했다.

도와줘? 뭘? 혹시 집에 도둑이라도 들었다든지?

머릿속을 빙글빙글 좋지 않은 상상이 맴돌았다. 택시 기사님한테 몇 번이나 서둘러 달라고 재촉했다. 무척 민폐인 손님이겠지만 지금은 긴급사태다.

몇 분 뒤.

도착한 곳은 딱히 크지는 않지만 비교적 신축인 아파트. 현관으로 뛰어 들어가자 오토록 문이 잠겨 있어서, 문 앞의 인터폰에 이나미한테 받은 LINE에 있던 방 번호를 눌렀다.

푸식 소리 후에 달칵 소리가 났다.

"이나미?! 괜찮아?"

"……."

이나미가 인터폰을 받아줬다는 건가? 화면 너머에 있을 이나미와 이 침묵이 이어지지 않아서 쓸데없이 초조했다.

목소리 대신에 눈앞의 무거운 자동문만이 열렸다.

나는 서둘러 엘리베이터를 타고 복도를 달려갔다.

그리고 '이나미'라는 문패가 붙은 방을 확인했다.

인터폰으로 침묵이었으니까 혹시나 싶어서 초인종을 누르기 전에 문에 손을 댔더니, 아니나 다를까 문은 열려 있었다.

"……!"

단숨에 등줄기에 식은땀이 흘렀다.

보통이라면 아무리 선후배 관계라도 멋대로 방에 들어가는 것은 언어도단이지만 지금은 한시의 유예도 없었다. 나는 문을 열고 그대로 방으로 들어갔다.

난폭하게 신발을 벗었다.

이나미 이외의—— 도둑, 스토커라든지, 혹은 전 남친이라든지가 있으면 어쩌지.

'위험'이라는 글자가 한순간 뇌리에 떠올랐지만, 순식간에 사라졌다.

그저 이나미가 무사한지를 확인해야만 한다.

나는 허겁지겁 방 안쪽으로 향했다. 그리고 가장 먼저 그녀의 이름을 외쳤다.

"이나미!"

"마사토 선배~……."

“어……?”

어안이 벙벙해서 그만 우뚝 서버렸다.

바보 느낌 훤히 드러난 목소리도 나오고, 눈이 점으로 변하기도 했다.

“와 줬군요~……. 에헤헤. 고마워……요~.”

“…………..”

“어라? 마사토, 선배?”

눈앞에 있는 건 도둑이나 스토커 같은 범인이 아니었다.

이불에 들어가서 힘겹게 추욱. 이마에 냉각 시트를 붙인 환자가 죽어가고 있었다.

이나미였다.

“혹시 너……. 감기, 걸렸어……?”

“어라라? 회사에서 못 들었나요? ‘저, 몸이 안 좋아서 쉴게요’라고.”

“……응, 분명 그랬지…….”

지금 이것이야말로 긴장과 완화.

급격한 안도감이 허리를 덮쳐서 그대로 기둥에 기대어 버렸다.

헤, 헷갈리잖아……!

※ ※ ※

"진짜로 감기에 걸렸을 줄은 몰랐어."

"진짜라고요. 꾀병을 부릴 리가 없잖아요~……."

일단 얼굴이 빨간 이나미를 눕히고 나는 근처에 앉았다. 이나미 옆에 있던 체온계로 열을 쟀더니 38.7도. 그야 힘들겠다고 납득했다.

물어봤더니 아무래도 며칠 전부터 머리가 멍—했다나.

"어제 특히 상태가 이상했던 건, 열 때문이었구나."

그렇다면 일에서 덜렁대던 것도 납득이 갔다. 혼자 납득하고 있었더니.

"그것뿐은 아니에요."

"응?"

이불에서 얼굴만 내민 이나미.

"역시…… 마사토 선배랑, 요시노 씨의 관계가 신경 쓰여서 일이 손에 잡히지 않기도 했어요……."

직설적인 이나미의 말에 그만 말문이 막혔다. 이 녀석, 감기 때문인지 평소보다 더 솔직해진 것 같은데…….

"공과 사를 혼동하면 안 된다는 것도 알아요. 하지만 역시나 신경이 쓰여서. 마사토 선배한테 폐를 끼쳐서, 정말 죄송해요."

"아니…… 그렇다면 나도."

"일만이 아니라 사적인 시간까지 의지해서 죄송해요."

열 탓인지 이나미의 눈이 촉촉하게 보였다.

사과보다도 먼저 안심시키고 싶어졌다.

역시, 머리를 쓰다듬는 건 자기가 하고 싶을 때 해야하는 것 같다.

"마사토, 선배……?"

이나미의 머리를 천천히 쓰다듬으며 웃음으로 말해줬다.

"신경 쓰지 마. 선배라는 생물은, 자기한테 의지해 주면 으레 기뻐하는 법이야."

조금 전 스즈모리 선배와 한 잔 하던 때의 짜증은 이미 어디론가 사라지고, 어쨌든 이렇게 약해진 후배를 격려하고 싶어서 나는 계속 말했다.

아니, 그저 후배라서 그런 것만은 아닌가.

"……남자라는 생물도 말이지."

"예에?! 그, 그건——,"

좀 더 은근슬쩍 말할 수 있었다면 이 녀석도 흘려들었을 지도 모르는데.

그렇다고 할까, 쓸데없는 소리는 하지 말걸 그랬어……!

이나미가 벌떡 일어났다. 이불이 젖혀지고 잠옷차림의 신입이 밤늦게 안녕하세요.

"아아, 정말! 열 오르니까 그렇게 목소리 높이면서 일어 나지 마!"

일단 달아오른 계곡에서 눈을 피했다.

"나도 잘못했어."

이나미의 솔직한 모습을 마주해서 그럴까. 자연스럽게 사죄의 말이 나왔다.

"예?"

"제대로 요시노랑 약속이라고 너한테 설명하면 됐을 텐데. 그때, 요시노가 갑자기 '일 이야기를 하고 싶으니까 한잔 하러 가지 않을래'라고 그래서. 네가 메르피크에 공을 들였다는 걸 아니까. 혹시 내가 가서 계약을 따낼 수 있다면 했어."

"그, 그럼! 저를 위해서, 만나러 가준 건가요……?"

"하지만 나도 공과 사를 혼동했던 건 사실이니까. 너한테 목격당한 뒤에도 '난 네 일을 커버하려고 요시노랑 만나러 갔는데'라며 스스로를 타이르고 형편에 맞춰 해석했어. 남더라 뭐라고 못 하겠네."

눈앞의 이나미를 향해 머리를 숙였다.

"그러니까, 나도 정말로 미안해."

"마사토 선배, 저……."

지극히 감격해서 이나미는 나를 끌어안으려고 했지만, 뚝 멈췄다.

"아하하……. 땀을 잔뜩 흘렸으니까요."

"어, 어어……."

아니, 넌 평소라면 다짜고짜 끌어안잖아. 거기서 물러나는 게 오히려 더 부끄러워.

"있잖아요, 선배. 땀 닦아 줄래요?"

"허?!"

"오늘은 꺼림칙한 이유 같은 거 없이! 정말로 목욕을 하고 싶어도 할 수가 없을 만큼 힘들었으니까……. 안 되나요?"

너무나도 딱해서 '아, 알았어'라며 받아들이고 말았다.

이나미에게 장소를 묻고, 나는 목욕 수건과 뜨거운 물을 담은 통을 준비했다.

축 늘어진 이나미는 내게 등을 향하더니 캐미솔을 무겁게 들추어 올렸다.

"기다리셨, 어요……."

"어, 어어."

"부끄러우니까 조명은 꺼줄 수 있을까요?"

방 벽으로 튀어가서 형광등 스위치를 껐다. 실내는 간접 조명의 은은한 빛만이 남았다.

그리고 다시금 이나미와 마주했다.

각오는 했다 생각했다. 바라봐서는 안 된다는 것도 안다.

하지만 역시나 숨을 삼키고 말았다.

그만큼 상반신 누드인 이나미는, 자극이 지나치게 강했다.

달빛을 받는 이나미는 브래지어를 입지 않았다. 다만 아무리 그래도 나한테 드러낼 생각은 없는 모양이라 손으로는 단단히 가리고 있었다.

"평소에는 제대로 브래지어 입고 있지만, 아무래도 지금은 답답해서.”

“그, 그런 건 됐으니까, 자. 닦아 줄 테니까.”

새하얀 팔을 닦거나, 등을 닦거나. 무심을 유지하며. 대화라도 해야겠다는 생각에 무언가 화제를 찾았다.

“의외로, 평범한 방에 살고 있구나.”

“??? 어째서 평범하지 않다고 생각했나요?”

“아니, 그게 말이지. 편의점에 가본 것도 무척 늦었다고 그랬고, 과보호를 받는 딸의 이미지가 강했어. 그러니까 좋은 지역의 엄청난 아파트에 살지도 모르겠다고.”

“아―, 그런 이야긴가요.”

이나미는 납득이 간다는 듯 하면서 수긍했다.

“아뇨아뇨. 안타깝게도 저는 평범한 여자예요.”

“딱히 안타깝고 그런 건 아냐. 게다가 서민인 나로서는 평범한 게 더 마음 놓이고.”

“어. 그럼 같이 살아 버릴까요?”

‘바보냐……’ 하고 어이없어 했더니 이나미는 날씬한 어깨를 살짝 말면서 쿡쿡 웃었다.

그런데.

“저기……, 있잖아요.”

“응?”

이나미는 농담처럼 던지고 있었지만, 얼굴을 보지 않아도 약한 목소리만으로 깨닫고 말았다.

“그, 그래서 요시노 씨하고는.”

역시 그 이야기를 해야겠지. 나는 체념하고 털어놓기로 했다.

“어제는 딱히 정말 아무 일도 없었다니까. 요시노가 엄청 취해서 휘청대다가 나한테 기댔을 뿐이니까.”

“그건 알지만, 그게…… 옛날 일은.”

“옛날 일?”

끄덕, 이나미가 작게 고개를 움직인다.

“고등학교 시절에 고백을 받았다는 건…….”

“아ㅡ…….”

그것도 이 녀석은 신경 쓰고 있었나…….

이제 봐서 허세를 부린 대가가 돌아올 줄이야.

“저건 말이지. 그게……, 노 카운트야.”

“예? 노 카운트?”

“어, 어어……. 솔직히 말하면, 너한테 허세를 부리려고 억지로 고백을 받았다고 해석해서 카운트로 넣었을 뿐이야.”

“그건,”

“뭐, 그런 거지.”

요시노는 딱히 전 여친도 아니고, 이제부터 여친이 될 예정도 현재는 없다. 그렇다는 것이다.

그 말을 듣더니 이나미는.

“다행이다~~~~♪”

“아니, 너?!”

몸을 빙글 돌린 이나미가 갑자기 끌어안았다?!

물론 상반신 누드, 노 브래지어 그대로.

“이나미?! 너 진짜?!”

“몸도 닦아 주셨으니까, 이제 참을 수가 없어요! 혹시, 땀 냄새 나나요?”

“아니, 땀 냄새라든지 그런 걸 신경 쓸 때가 아니라서.”

오히려 그런 걸 알 수 없을 정도니까. 그냥 좋은 냄새고. 아니, 난 무슨 생각을 하는 거야.

“~~~~웃! 어쨌든! 시집도 안 간 처녀가 독신남을 끌어 안지 마!”

게다가 가슴 훤히 드러내고서. 입이 찢어져도 그런 말은 할 수 없었다.

“그치만~, 마사토 선배가 기쁜 이야기를 했으니까요♪”

꼭 끌어안는 이나미가 이래저래 너무 자극이 강했다……. 명백하게 선배로서가 아니라 이성으로서 안겨 있는 것이 자명했다. 몸을 맡겼다는 표정이 와 닿겠다고 생각할 정도로.

하지만 상대는 환자니까 지금만큼은 이성으로서 볼 때가 아니었다.

————그렇게 자신을 타이르지 않고서는 이성을 지킬 수가 없었다.

무언가, 다른 화제를 꺼내야 해.

“새삼스럽지만. 걱정을 끼쳐서 미안해.”

“피차일반이니까 이제 됐어요. 게다가,”

“게다가?”

“마사토 선배가 이렇게 달려와 줬어요. 당연히 뭐든 용서해 버릴 수밖에요.”

“……네 감기가 나으면 이번에야말로 실컷 마시러 가자.”

“예♪ 맛있는 일본주 가게, 데려가 주세요.”

그저 술자리 권유를 했을 뿐이고, 같이 마시러 가자는 약속을 했을 뿐.

그럼에도 불구하고 살짝 프러포즈라도 한 것 같은 부끄러움을 느꼈다.

한 건 마무리, 화해를 했다는 점도 포함해서 말이다.

하지만 그보다 먼저.

“그보다도 언제까지 끌어안고 있지만 말고 옷 입어!”

“에~. 행복을 잔뜩 느끼고 있는데~.”

내 동요 따위는 알 게 뭐냐. 이나미는 떨어지기는커녕 그대로 내 가슴팍에 뺨을 비비고. 아무리 어스름한 방 안이라고 해도, 모양 좋고 부드러운 둔덕도, 순백의 매끄러운 위팔이나 어깨 등도 여봐란 듯이 감촉은 전해졌다.

“이대로, 절 넘어뜨려 버려도 된다고요?”

“바, 바보 같은 소리 하지 마! 환자를 상대로 그런 짓을 하겠냐!”

“호오호오. 그렇다는 건, 제 감기가 나으면 넘어뜨려 주
겠다──,”
“~~~윽! 그럴 리가 있냐!”
“아하하♪”
이제는 한계. 부끄럽기는 하지만, 이나미가 노출한 두 어
깨를 붙잡아서 떼어내고는 그대로 갈아입을 옷 일체를 떠넘
겼다.
아래쪽도 갈아입을 필요가 있을 텐데, 내가 여기에 계속
있는 것도 부끄러웠다. 위를 보기도 만지기도 했지만 위는
위, 아래는 아래다.
“이나미가 옷 갈아입는 동안에, 편의점에 가서 뭔가 영양
가 있는 걸 사올게. 뭐 먹고 싶은 거 있어?”
“그대로 돌아오지 않는 건, 아니죠?”
“걱정하지 마. 제대로 돌아올 테니까.”
아무리 과격한 스킨십을 했다지만 제대로 환자라는 사실
에는 변함이 없었다.
“다녀오세요.”
“어. 갔다 올게.”
별것 아니지만 서로가 의식하고 마는 인사.
그런 인사도 가끔은 나쁘지 않다고 생각하며, 나는 편의
점을 향해 걸어갔다.
어울리지도 않게 콧노래를 흥얼거리며.

14화: 옛 친구는 비즈니스 파트너. 그리고……

며칠 뒤.

이나미도 감기에서 완전히 회복하여, 우리는 메르피크로 두 번째 영업을 왔다.

이번 다과와 음료는 나와 이나미가 사전에 유명 가게에 줄을 서서 사온 피낭시에와 찻잎 세트. 살 때부터 '피낭시에라니 그게 뭐야?' 하고 생각했지만, 여자력 높은 이나미가 골랐으니까 이의는 없었다. 나는 영수증에 사인만 하면 그만인 간단한 일이었다.

테이블에 차려준 다과와 홍차에는 눈길도 주지 않고, 이나미는 요시노에게 깊이 머리를 숙였다.

"그때는 냉정한 판단을 할 수가 없었어요. 요시노 씨한테도 폐를 끼쳐서 정말 죄송합니다!"

"다, 당치도 않아! 그보다, 이나미 씨랑 예정이 있었다는 것도 모르고 부른 나야말로, 죄송합니다!"

요시노도 지지 않게 머리를 숙이자 이나미도 더더욱 허둥지둥.

"저야말로 한심한 모습을 보이고 말아서 죄송해요……!"

"그런 이야기라면 나도 마찬가지야. 취해서 마사토 군한테 기대서는, 이나미 씨보다 연장자인데 정말로 부끄러워.”

“아니아니, 제가…….”

“아니아니, 나도.”

의문의 사과 대결이 발발. 이런 생각을 하면 안 되겠지만, 닮은 사람들끼리 거울을 보는 것 같아서 재미있지만, 수습이 불가능해지기 전에 살짝 커버해 두자.

“이나미, 그때 감기에 걸려서 말이지. 다음 날에는 제대로 열이 나서 시끄러울 정도로 이상한 소릴 했다고.”

“그랬, 구나.”

“아하하……. 건강이 장점이었는데, 오랜만에 그렇게나 몸져누워 버렸어요.”

내가 긍정하며 고개를 끄덕이자.

“그보다, 어째서 이나미 씨가 그랬다는 걸 알아?”

요시노의 날카로운 한마디가 명중.

“이 녀석이 전화를 해서, 집까지 그게…… 간병하러 갔으니까 말이지…….”

결코 켕기는 짓은 하지 않았다. 간병하러 갔을 뿐. 스스로를 그렇게 타이르지 않고서는 그때 이나미의 모습을 떠올리고만 말 것 같았다. 젠장, 쓸데없는 생각하지 말라고, 나.

이나미는 이나미대로 떠올리고서 웃기 시작했다.

“마사토 선배, 범죄에 말려들었을지도 모른다며 착각을 해서 허겁지겁 달려와 줬거든요.”

“네, 네가 헷갈리는 부분에서 전화를 끊어서 그렇잖아!”

잠깐만, 이나미. 부끄럽기만 할 뿐이니까 그 이상은 말하지 마.

“후훗. 마사토 군도 이나미 씨를 좋아하는 거잖아.”

“요, 요시노?!” “어.”

요시노는 보복이라도 하듯이 짓궂은 미소를 짓고 있었다.

“요전에 마셨을 때 말이지. 마사토 군, 이나미 씨 이야기를 했거든.”

“??? 뭐라고 했나요?”

“‘귀여운 후배를, 최근에는 이성으로서도 인식하고 있다’라고 그랬어.”

“마, 마사토 선배가 그런 솔직한 발언을……!”

“야, 요시노! 앞뒤 이야기가 없으면 뭔가 이래저래 오해할 수밖에 없잖아!”

“어—? 그런가.”

“진짜로 그만 좀 해…….”

“후훗! 제대로 갚아 줬네—♪”

젠장……. 내가 고백 받았다든지, 쓸데없는 허세를 부렸던 만큼…….

이제는 이 자리에서 사라지고 싶었다. 창문으로 보이는 아름다운 고베의 거리라도 바라보며 마음을 가라앉히고 싶지만, 창문 근처에는 대량의 란제리가 전시되어 있는 만큼 시선을 향할 수도 없어서.

란제리 대신에 옆에 앉은 이나미의 옆얼굴을 봤다.

"에헤헤. 마사토 선배가 그런 이야기를♪ 기뻐라. 호감도 더 올리고 싶네♪"

이나미 얼굴, 기뻐서 흐냐흐냐.

이 녀석은 끝까지 태평하구나…….

"나 있지. 이나미 씨가 마사토 군을 좋아한다는 게 전해졌으니까 초조해진 거라고 생각해."

요시노의 갑작스러운 발언에 나만이 아니라 이나미도 퍼뜩 정신을 차린 모습이었다.

"그러니까 정말로 미안해. 이나미 씨 입장에서는 기분 나빴을 거라 생각하는데,"

요시노는 그러면서 이나미를 향해 손을 건넸다.

"초조해지는 마음은 아플 정도로 알아요. 에헤헤……♪ 닮은 사람들끼리, 참 고생했네요."

이나미가 요시노의 손을 순순히 잡고서 화해 성립. 아니, 딱히 싸운 것도 아니었을 테지만.

두 사람은 닮은 사이. 그렇기에 앞으로 잘 지내는 것도 간단할 테지.

옛 친구도 알고 있다.

"메르시 & 피크닉에게는 이나미 씨네 회사가 필요하고, 나도 이나미 씨랑 마사토 군과 함께 일을 했으면 좋겠다고 생각해요.”

“그, 그건……! 거래 성립, 이라는 건……가요?”

이나미의 놀람 섞인 기대에 요시노는 화창한 미소로 대답했다.

“앞으로 잘 부탁드려요♪”

“예! 만세—!”

그 순간, 방문처라는 사실도 잊고 이나미가 날 끌어안았다. 아니, 너 기쁨을 표현하는 방법에 조금 더 신중하라고.

※ ※ ※

한 시간 뒤.

거래도 성립되었기에 우리는 광고의 방향성이나 대략적인 제출 스케줄까지도 이야기를 진행하고, 다음 약속까지 잡고서 미팅을 마쳤다.

첫 번째 방문과 마찬가지로, 헤어질 때에는 엘리베이터 앞까지 요시노가 바래다주었다.

“그럼, 상세한 내용은 제가 메일로 보낼게요.”

메르피크에 대해서는, 메인 창구는 이나미가 맡게 되었다. 요시노도 미소로 대답했다.

“그럼, 기다릴게요—.”

“요시노, 정말 고마워.”

“나야말로. 어떤 광고 디자인이 올라올지 기대할게.”

마침 엘리베이터가 와서 타기 직전.

“!”

“있지, 마사토 군♪”

요시노가 꾹 잡아당기고 귓가에 속삭였다.

“나, 포기한다고 그런 건 아니니까 말이지?”

“어?!”

내 귀에 요시노의 부드러운 입술이, 닿을 것만 같은 지근거리.

먼저 엘리베이터에 탄 이나미가 보기에는, 마치 요시노가 내 뺨에 키스를 하는 것처럼 보이는 각도. 그것을 본 이나미는 멍하니 가방을 떨어뜨렸다.

무어라 대답하기 전에 요시노는 확 떨어지고, 나를 엘리베이터에 밀어 넣었다.

“바이바─이♪”

손을 흔드는 요시노는 이른바 소악마라고도 표현할 수 있을 만큼 귀여웠다.

그리고 엘리베이터 문이 닫혔을 때.

“뭐, 뭐, 뭘…… 한 건가요?!”

이나미가 대폭발했다.

"……진정해, 이나미."

"여, 역시 좋아했구나! 저, 저도 키스하게 해줘요!"

"바보가! CCTV 있다고!"

"관계없는걸! 쪼오오오옥~~!"

엘리베이터 안에서 끈질기게 입술을 들이밀고서 다가오는 이나미를 달래며, 나는 앞으로 메르피크와의 프로젝트가 무사히 끝날 것인지 일말의 불안을 느꼈다.

너희 둘, 공과 사를 혼동하는 것도 적당히 좀 하라고…….

※ ※ ※

'거래 성립'. 이 말 이상으로 광고 대리점의 영업맨에게 기쁜 성과는 있을까.

그래서 당당히 낭보를 손에 든 우리는 얼른 회사로 돌아와서 보고를 했다.

의외로 그 자리에 있던 사원이 꽤나 모여들어서 축하한다는 콜이 시작되었다.

"열심히 했으니까, 둘 다."

우리의 팀 리더, 스즈모리 선배가 건네는 칭찬의 말. 심플하지만 따듯하다. 역시나 어른 누님이다.

“에헤헤, 마사토 선배와의 공동 작업이었으니까요~♪”

조금 전부터 이나미, 너는 뺨이 완전히 풀어졌다고……. 그보다 둘이 나란히 ‘축하해’ 콜을 받는 이 상황, 무슨 결혼 인사냐?

“카자마랑 나기사, 완전히 잉꼬부부 콤비네~. 잘됐구나, 잘됐어.”

그곳에 나타난 것은 라스트 동기, 이나바. 그러고 보니 이 녀석한테도 걱정을 끼쳤지.

“쿄카 선배, 미히로 선배. 감사합니다! 그리고 여러분, 감기에 걸려서 엉망이었을 때, 폐를 끼쳤습니다!!”

이나미가 굉장한 기세로 인사했다. 인사의 견본이라도 노리는 거냐, 너는.

“전혀!” “이나미 걱정했어~.” “건강해져서 다행이야.”

긍정적인 사람들의 대답이 돌아왔다. 역시나 우리 회사의 간판 아가씨. 사내의 퍼펙트 히로인, 이곳에 있도다.

“마사토 선배, 마사토 선배.”

축하 모드도 끝나고 각자 자기 자리로 돌아가는 가운데, 이나미가 내 소맷자락을 잡아당겼다.

“오늘은 한잔 하러 갈 수 있겠죠?”

남자에게 두 말은 없다.

“그래, 약속이니까. 오늘은 축하해야지.”

“만세~~~~♪”

오늘은 실컷 어울려 주자.

오늘은 실컷 어울려 주자.

15화: 눈을 뜬 아침

메르피크 일도 끝나고 이나미와 나는 약속대로 한잔 하러 갔다.

오늘 정도는 상위 계급——화이트의 기분으로 해피 아워 웰컴! 그렇게 별렀지만 그런 건 꿈이었다.

결국 그 후로도 잔업잔업. 그리고 또 잔업을 떠맡아서 평소의 Z 전사 단골인 저렴한 술집으로.

그렇지만 큰일을 제대로 해낸 뒤이기도 해서 평소보다도 마음이 가벼웠다. 생맥주 한 잔 580엔이지만.

"건배—♪" "건배."

우리는 잔을 맞대고 최고의 한 잔을 목으로 흘려 넣었다.

"크하아아~~, 살아난다아아~~~♪"

평소 이나미의 아저씨 모습도 오늘만큼은 신경 쓰이지 않았다.

"오늘은 실컷 마셔 버릴게요~♪"

그렇게 구령을 걸어 오면.

"오—, 바라던 바야. 오늘은 팍팍 어울려 줄게!"

그렇게 대답하고 말 정도로, 오늘의 기분은 급상승.

이나미는 맥주를 비우더니 바로 좋아하는 지역 술, 다이

코쿠 마사무네의 준마이 다이긴요를 주문했다. 딱히 상관은 없지만 페이스 빠르지 않나?

차게 식힌 준마이 다이긴요를 쭉 들이키고는 감탄.

"일본에서 태어나서 다행이야~~~♪"

이 녀석의 진심으로 행복하게 마시는 모습, 오랜만인 것 같다.

"아. 그러고 보니 말이야, 이나미."

"예?"

이나미는 마시려던 잔을 기울이는 것을 멈추고 귀를 기울였다.

"넌, 면접할 때에 내 이야길 했다며?"

"아——……. 하하하, 들어 버리셨나요?"

조금 전까지의 기세는 어디로 갔는지, 갑자기 꿔다놓은 보릿자루 상태.

건너 듣는 것이 바르지 않은 일이라는 것은 안다. 하지만 자신이 관여되어 있다면 아무래도 이나미 본인에게 물어볼 수밖에 없었다.

"나한테 도움을 받았다고, 나랑 같이 일하고 싶다고."

"……혹시 기억이 났나요?"

"???"

그 날에 나는 입사 전의 이나미를 상상해 봤다. 이나미의 입사 전. 이 신입 여사원이 아직 신입이 되기 전에, 어딘가에서 만난 적이 있나.

　음…….

"아니, 미안하지만 전혀."

기억에 없습니다.

그러자 이나미는 술기운에 핑크색으로 물든 뺨을 알기 쉽게 부풀렸다.

"으으으음~~~! 오빠 바보!"

"오빠?! 끄, 끌어안지 말고!"

"오늘은 절대로 안 돌려보내요! 각오하세요!"

아니, 너. 그건 평소에도 하는 협박 문구잖아.

1차에서 잔뜩 마신 뒤에도 2차, 3차로 마시고 마시고.

오늘만큼은 마음 놓고. 월급이 막 들어오기도 했지만, 역시나 기분도 좋았다. 집에도 택시로 돌아가면 되니까, 오늘 밤에는 술집 순례다.

다음 가게를 어디로 해야 할까. 나는 이나미에게 기대고, 이나미는 내게 기대어 휘청휘청 걸었다.

"선배, 엄청 취했어~."

"시끄러. 너도 꽤 취했잖아~."

스쳐 지나가는 통행인이 본다면 어찌할 도리가 없는 사회인 둘이겠지. 호객하는 형씨나, 손님을 잡는 걸즈 바의 누님조차 우리한테는 말을 안 걸 정도로 만취 상태니까.

나는 그만 웃고 말았다.

"어라? 마사토 선배, 왜 웃어요?"

"아니, 오늘 술은 엄청 맛있구나 해서."

오늘 이렇게 취한 거랑, 요전에 마구 마셨을 때의 취기는 좋은 승부가 되겠지.

하지만 기분이 전혀 달랐다. 역시 술은 즐겁게 마시는 것이 최고라고 통감했다.

기분이 좋아서 어울리지도 않게 부끄러운 소리도 간단히 해버렸다.

"지금은 엄청 즐겁고, 취해서 기분 좋아."

"에헤헤♪ 저도 기분 좋아요."

이나미는 나를 놀리기는커녕 더더욱 신이 나서는 더 밀착하며, '자자! 다음 가게로 가죠!'라고 서로에게 기대어 밤의 술집거리를 걸어갔다.

※ ※ ※

"……응?"

다음 날 아침. 눈을 뜬 나는 깜짝 놀랐다.

기억에 없는 방. 어딘가 이국적인, 아로마틱한 향기가 감도는 널찍한 공간.

여긴 혹시, 아니 혹시 정도가 아니라 깨닫고 말았다.

왜냐면 내 옆으로 시선을 향했더니——,

"허어어어어어?!"

옆에는 유카타차림의 이나미가 귀여운 숨소리와 함께 잠들어 있었다.

"아……. 마사토 선배, 좋은 아침이에요?"

"~~~~?!"

가슴께나 맨다리가 대담하게 드러난 이나미에게 경악.

"너! 훤히 보인다고!"

"으~응……. 머리에 울리니까 그렇게 큰 소리는 내지 마세요."

"저, 저기 이나미. 우리, 왜 러브호——, 호, 호텔에 있는 거야……?"

"어째서긴요. …………아이~~~잉♪"

"그 침묵은 뭐야! 그리고, 왜 부끄러워 해?!"

"에헤헤♪ 어제는 엄청 신을 내고 말았다고요?"

"?! 시, 신을 냈다니……?"

"그건 정말이지! 마사토 선배의 처음 보는 일면이었으니까 이미 두근두근, 쿵쿵이 계속 멈추질 않았어요♪"

"…………."

굳어 있는 나.

그리고 유카타 매무새를 고치고 침대 위에서 조신하게 인사하는 이나미. 세 손가락을 대고.

"앞으로도 오래오래 잘 부탁해요. 마사토 선배♪"

어……. 그건, 일 말이야?

아니면, 사적인 쪽?

어. 나, 취한 기세로 야한 걸 해버렸나……?

후기

오랜만입니다. 나기키 에코입니다.

'관심 끄는 신입이 매번 유혹한다' 2권을 손에 들어주셔서 정말로 감사합니다!

일이나 공부 틈틈이 숨을 돌린다든지, 휴일의 리프레시 겸 힐링을 받으셨다면 정말로 기쁘겠습니다.

'게임보이 컬러나 어드밴스, 게임 큐브라니 그립네―'라고 노스탤직한 기분이 빠지셨다면 더욱 좋고요.

참고로 저는 삼십대에 가까워지는지라, 게임보이 세대. 어린 시절에는 통신 케이블을 친구의 게임보이와 연결해서 놀았습니다.

너무너무 그리워라.

지금부터는 작품에 대해서 이야기하겠습니다.

페이지 수 조정의 결과, 후기가 12페이지라는 무슨 칼럼인가 딴죽을 걸고 싶어질 정도의 분량이 주어졌기에, 꽝장히 마이페이스로 적어볼까요.

아마도 작품 이야기만으로는 부족하니까, 도중에 정말 별것 아닌 이야기도 여기저기 나올 거라 생각합니다. '흥미 없다고, 아저씨'라는 젊은이는 여기서 뒤로 가기 추천.

색다른 걸 즐기시는 분은 편안하게 커피나 주스라도 마시며, 후기라는 이름의 잡담을 들어주세요.

자, 그럼.

2권 어떠셨을까요.

수수~하게, 1권에서의 복선을 이래저래 회수한 2권이 되지 않았을까요.

1권에서 채용된 마사토의 기획이라든지, 점심을 먹으며 이야기했던 마사토 & 미히로의 오락실 이야기라든지, 슬쩍 나왔던 소재라면 쿄카가 MIRA라고 불린 유래라든지.

초반~중반은 1권에서 활약한 히로인을 조금 더 어떤 아이인지 독자 여러분께서 아실 수 있도록 적어봤습니다.

야하고 귀여운 동기 미히로를 조금 더 자세히 적고 싶었으니까, 잔뜩 내보낼 수 있어서 개인적으로는 만족입니다. 바보 사쿠라코도 회사까지 데려올 수 있어서 대만족.

러브호텔 여자 모임은 조금 더 야한 내용으로 하자고 생각했습니다. '사회인 러브 코미디니까 바이브라든지 핑크 로터 팍팍 써버리자' 하고 생각했습니다만, 세상에는 도덕이라는 말이 있으니까 자제심이 작동했습니다. 담당 분께서는 '나기키 씨가 꼭 적고 싶다면, 괜찮아요'라고 했습니다. 변태 취급하지 말고.

러브호텔은 제쳐 놓고.

신 캐릭터 쿠루미에 대해서.

학생 시절, 사이가 좋았던 친구와 어느샌가 소원해지고 마는 일은 자주 있죠.

먼 곳으로 진학이나 취직을 해버려서 그렇다든지, 지금의 환경에 만족해서 과거의 추억으로 결론을 내리고 말았다든지, 결혼이나 자식이 태어나서 그렇다든지. 정말로 이유는 다양.

한 번 만나지 않게 되면 '어. 우리 친구였지?'라는 정도로 만나지 않게 됩니다. LINE 프로필이 갓난아기가 되어 있어서 '어, 아이? 그보다, 결혼했어? 친구, 맞지……?'까지 되는 일도 부지기수.

'그런 일은 없어. 네가 친구가 없었을 뿐' 같은 이야기는 하지 말고.

그만해 줘, 독자. 그 대사는 나한테 통해.

후기가 길면 아무 생각도 않고 패러디나 야한 이야기를 휘갈겨 버립니다.

조금 더 생각하고서 집필해야 하지 않을까. 맹렬히 반성.

저는 어엿한 물건이 달려 있으니까 쿠루미 같은 소녀의 마음은 알 수 없습니다.

하지만 친구만이 아니라 좋아하는 상태였기에, 굳이 거리를 두고 마는 일도 있지 않을까요.

문득, 이번이라면 우연한 재회를 계기로, 잊으려고 하거나 억누르고 있던 감정이 단숨에 풀려나고 만다. 같이.

유행했던 러브송 가사에서 본 적 있는 것 같아.

아―. 감사합니다―. 지금 전국의 사랑하는 소녀에게 싸늘한 시선을 받고 있지만요. 이런 거, 아무리 받아도 괜찮으니까요.

완전 M의 파트너 모집.

독자 여러분, 아십니까. 대량의 후기 공간이 준비되면 뭐든 마음대로 할 수 있습니다. 담당 분, 아십니까. 이대로 풀어 뒀다가는 점점 작가만이 아니라 작품의 호감도도 내려가는 겁니다.

'이 후기, 누가 이득인 거지'라는 생각을 뒤로, 나머지 8페이지 열심히 하겠습니다.

어쨌든 말입니다. 쿠루미의 연애 사정을 엮으면서, 나기사를 중심으로 한 기존 히로인들의 마사토에 대한 마음도 섞어섞어 한 내용. 인기 있는 남자는 힘들다는 이야기를 전해 드렸습니다.

이제까지 학원 러브 코미디만 적었으니까, 사회인 러브 코미디의 환경에서는 쓸 수 있는 폭도 넓어지면서도 동시에 좁아져 버리는 경우도 있고. 일장일단을 실감하는 요즘입니다.

이어서 '관심 끄는 신입이 매번 유혹한다' 전체적인 얘기.

감사하게도 1권이 발매되고 바로 증쇄하게 되었습니다.

사회인 러브 코미디라는 장르는 라이트노벨로 아직은 정착되지 않은 장르니까, 일정한 평가를 받아서 다행이라 안도하고 있습니다.

요즘 같은 시절에 정말로 감사한 이야기입니다. 1권에서 끝나는 일도 흔하니, 이렇게 2권을 낼 수 있는 것도 독자 여러분 덕분입니다.

나기사를 대신해서 작가의 성희롱 허그 공격을 선물하고 싶을 정도라고요, 정말로.

본래라면 좀 더 빨리 2권을 내야했지만, 무척 늦어져 버려서 무척 죄송합니다.

작가, 오버 워크로 머리가 폭발했습니다. (웃음)

개인적인 일로 무척 죄송합니다만, 작가로 데뷔하고 5년 남짓. 감사하게도 서서히 문필업과 관련된 일을 각지에서 받게 되어서.

특히 작년 후반 즈음부터 인생에서 가장 바쁠 정도로 일이 가득 찼습니다.

'이제 삼십대가 가깝다. 여기가 피크니까 열심히 해' 하고.

그리고 'OKOK, 할게요'라고 일을 거의 다 맡았습니다.

그 결과, 연계된 관계 각처에서 빨리 마감, 빨리 마감, 빨리 마감…….

흐아아아아아아아아아아아아~~~~~!

그리고 머릿속이 바이츠 더 더스트.

사무실에서 벌어지는 러브 코미디를 쓰면서, 납기를 지키지 못하고 펑크를 낸 가련한 작가 이곳에 있도다.

그렇게 되어서 독자는 물론, 관계 각처의 여러분께는 크나큰 폐를 끼치고 말았습니다. 과거형이 아니라, 끼치고 있습니다.

정말로 죄송합니다.

Twitter에서 전혀 얼굴을 내밀지 않았던 것은, 죽을 만큼 바빠서 그렇다기보다 죄송하다는 것이 이유입니다. 제 탓에 이래저래 늦어지고 있는데 태평하게 '신상품 캔 커피 맛있어—' 같은 말을 적는 것도 성실하지 못한가 해서. 두들겨 맞지는 않을까 해서.

앞으로는 제대로 자신의 한계를 인식하며 활동하고자 생각합니다.

작품을 보내드리는 것밖에, 여러분께는 감사를 환원할 수 없으니까 작품 제작 열심히 하겠습니다!

작품 이야기를 하기로 했을 텐데 사죄회견이 되어 버렸습니다.

이야기를 되돌리죠.

'관심 끄는 신입이 매번 유혹한다'

약칭은 '관심 신입' '신입 짱' '관심 짱' 등등.

일단 '관심 신입'을 정식 명칭으로 하고자 담당 분과 논의해서 정하기는 했지만, 메일이나 전화로 대화할 때에는 '신입 짱'을 써버립니다. (웃음)

뭐, 이런 약칭은 일단 정착한 것을 쓰다보면 되지 않을까요.

일단은, 관심 신입으로!

태연하게 공지. Twitter에 '관심받는 신입이 매번 유혹한다'의 공식 계정이 개설된 것은 알고 계실까요.

Twitter에서만 이야기하는 캐릭터들의 자그마한 이야기가 있다든지, 나기사의 신작 일러스트가 공개된다든지, 아이콘이나 배경 화면을 배포한다든지.

과거에는 Re타케 씨의 사인 색지나 나기사의 목소리를 담당하신 와키 아즈미 씨의 사인 색지 등도 선물 캠페인을 했다든지.

모쪼록 팔로우하셔서 관심 신입에 힐링을 받으시기를!

공식 계정을 만든 것만이 아니라 선물 캠페인 등도 진행해주셔서, 작가로서는 정말로 감사한 이야기입니다.

좀 더 인기를 얻도록 열심히 하고 싶어……!

관심 신입의 전하고 싶은 이야기는 모두 전할 수 있었을까요.

다음은 느긋하게 잡담을 하겠습니다. '네 잡담에는 못 어울려 주겠다'라는 분은, 마지막의 감사 인사만이라도.

그러니까, 잡담 타임.

여러분은 미성년입니까? 아저씨입니까?

저는 아저씨니까, Z 전사인 마사토나 나기사처럼 술을 즐깁니다.

일본주, 맥주, 위스키가 좋고, 소주는 힘들고, 와인은 너무 귀족스러워서 맛을 차이를 모르겠다. 그런 느낌입니다.

대부분은 스스로에 대한 포상으로, 일이 일단락되었을 때에 마시는 경우가 많습니다. 친구가 없으니까 집에서 혼자 마실 때가 많습니다.

친구가 없어서 그런다는 건 1할 농담입니다만, 혼자가 좋다는 건 꽤나 있습니다.

가게라든지 여행이라든지 혼자서 OK인 타입의 인간으로, 지금도 외롭――, 즐겁게 툴리스 커피에서 커피를 마시며 컴퓨터 달칵달칵하고 있습니다. 안 우니까. 진짜로.

이 후기를 모두 쓰고 다른 일도 일단락되면 양조장 순회를 할 예정이었습니다만, 코로나 소용돌이 한복판인 현재이니까 어쩌면 좋을지 고민 중입니다.

경제를 돌리느냐, 자숙하느냐.

둘 다 정답이고 둘 다 오답 같은 것이니까, 어렵네요.

이것을 계기로 오랜만에 게임에 도전하는 것도 괜찮을까, 생각하기도 합니다.

학교를 졸업한 뒤로는 전혀 게임기를 건드리지 않게 되어서, 그저 보기만 할 뿐.

뭘까요. 보는 것만으로 만족해 버린단 말이죠—.

최근에는 엘든링 게임 라이브를 가끔씩 보는데, 제가 저런 게임을 깰 수 있을 것 같지가 않습니다.

커다란 뱀 아저씨가 커다란 검을 휘두르고. 위에서 유성이 쏟아지고.

그것을 헤쳐 나가서 몇 번이고 히트 & 어웨이…….

'하아~~~. 간신히 쓰러뜨렸어'라면서 데운 일본주 홀짝홀짝 마시며 보고 있습니다. (웃음)

그리고 개인적으로 놀란 것이, 유희왕을 온라인 대전으로 즐길 수 있게 된 것. 카이바 사장, 듀얼 디스크 필요 없잖아요.

아직 블루 아이즈라든지 블랙 매지션이 활약하고 있는 것도 깜짝.

최근의 유희왕, 한 턴 엄청 긴 것도 깜짝.

깜짝의 연속입니다.

리얼 카드가 엄청 고가로 거래된단 말이죠.

초기의 블루 아이즈가 유키치 수십 장이 된다든지……!

초등학생 시절. 콧물을 흘리며 공원의 모래투성이 벤치에서 자주 놀았습니다.

"블루 아이즈 수비 표시로 변경! (카드가 모래에 벅벅~!)"

옛날의 자신을 때리고 싶다. 적어도 슬리브에 넣으라고.

당시에는 아직 꼬맹이였고 인터넷도 그렇게까지 보급되지는 않았으니까, 친구들끼리 멋대로 규칙을 정해서 신나게 놀던 것이 그립습니다.

'융합'이란 카드는 뭘 합체시키면 좋을지 알 수가 없어서 적당한 몬스터 둘을 붙이거나. 포켓몬 카드에서는 '두 장 트래시……? 트래시가 뭐야?' 하고 친구들끼리 떠들거나.

뭐, 규칙을 숙지하고서 하는 게임도 즐겁지만, 친구와 깊은 생각 없이 하는 게임도 즐겁기도 하죠.

최근에 게임도 하지 않고 친구도 적은 남자가 무슨 소리를 하느냐는 이야기입니다만.

이렇게 주절주절 이야기했더니, 이제 후기도 끝에 가까워지고 말았습니다.

이렇게까지 기나긴 후기를 읽어주신 독자 여러분은 저를 좋아하시는 걸까요.

농담입니다요. 마지막까지 어울려 주셔서 감사합니다!!!

지금부터는 감사를.

담당 분. 성대하게 폐를 끼쳐서 정말 죄송합니다! 작품도 이제는 제가 메인이라기보다 담당 분이 메인? 그럴 정도로 잔뜩 도와주셔서 고개를 들 수가 없습니다. 명예를 만회할 수 있도록, 이후로는 필사적으로 정진하겠습니다. 앞으로도 맛있는 일본주 보낼게요. 지역 술로!

일러스트레이터 Re타케 씨. 이번에도 귀여운 일러스트 정말 감사합니다. 여전히 일은 다급하게, 그럼에도 불구하고 엄청 귀여운 치트 그 자체. 정말로 본받을 일이나 감사할 일이 가득합니다. 쿠루미의 캐릭터 디자인도 무척 귀여워서, 이번 2권을 만들어가는 모티베이션 상승으로 이어졌습니다. 다시금 감사합니다!

'카논의 연애 만화'의 카논 씨. 만화 동영상만이 아니라 프로모션 등의 상담에도 어울려 주셔서, 정말정말 감사합니다. 채널 등록자 숫자도 모두 호조인 모양이라, 그저 굉장하다는 한마디뿐⋯⋯! 점점 더 활약하시기를 더욱 기대하고 있습니다. 한 사람의 시청자로서도 응원합니다!

마지막은 물론 독자 여러분. 1권만이 아니라 2권까지 손에 들어주셔서, 감사합니다. 지친 몸의 자양강장제로, 주목 신입을 몇 번이나 읽어주신다면. 파이트 일발입니다.

그럼그럼, 또 만나죠!

P.S. 추천하는 지역 술이 있다면 가르쳐 주세요. 마셔보
고 싶으니까요.

나기키 에코

KAMATTE SHINSOTUCHAN GA MAIKAI SASOTTE KURU Vol.2
NE SENPAI KOI NO RIVAL NANTE KIITE NAIDESU

©Eko Nagiki, Retake, Yukiarare 2022
First published in Japan in 2022 by KADOKAWA CORPORATION, Tokyo.
Korean translation rights arranged with KADOKAWA CORPORATION, Tokyo.

관심 끄는 신입이 매번 유혹한다 2
저기 선배, 사랑의 라이벌이라니 들은 적 없어요!

2024년 9월 15일 1판 1쇄 발행

저   자 나기키 에코
일 러 스 트 Re타케
옮 긴 이 손종근
발 행 인 유재옥
담 당 편 집 정지원

이   사 조병권
출 판 본 부 장 박광운
편 집 1 팀 박광운
편 집 2 팀 정영길 조찬희 박치우 정지원
편 집 3 팀 오준영 이소의 권진영
디 자 인 랩 팀 김보라 차유진
디 지 털 사 업 팀 박상섭 김지연 윤희진
라 이 츠 사 업 팀 김정미 맹미영 이윤서
영 업 마 케 팅 팀 최원석 박수진 이다은
물 류 팀 허석용 백철기
경 영 지 원 팀 최정연
발 행 처 (주)소미미디어
인 쇄 제 작 처 코리아피앤피
등   록 제2015-000008호ㅍ
주   소 서울시 마포구 토정로 222, 502호(신수동, 한국출판콘텐츠센터)
판   매 (주)소미미디어
전   화 편집부 (070)4164-3962, 3963 기획실 (02)567-3388
　　　　　 판매 및 마케팅 (070)8822-2301, Fax (02)322-7665

ISBN 979-11-384-2955-9 04830
ISBN 979-11-384-8378-0 (세트)